元曲,我的壓力解藥

[吳淑華・謝玓卲編著]

好讀出版

卷一　人生如戲，戲如人生

1. 驟雨打新荷　元好問　012

2. 醉中天（詠大蝴蝶）　王鼎　014

3. 中呂陽春曲（知機）　白樸　016

4. 慶東原（嘆世）　白樸　018

5. 清江引（錢塘懷古）　任昱　020

6. 雙調蟾宮曲（自樂）　孫周卿　022

7. 普天樂（嘲西席）　張鳴善　024

8. 山坡羊（潼關懷古）　張養浩　026

9. 雙調水仙子（夢覺）　喬吉　028

10. 山坡羊（西湖醉歌次郭振卿韻）　劉致　030

11. 滾繡球（摘調）　鄧熙　032

12. 沉醉東風（重九）　盧摯　034

13. 雙調沉醉東風（對酒）　盧摯　036

14. 折桂令　盧摯　038

15. 楚天遙過清江引　薛昂夫　040

16. 南呂罵玉郎過感皇恩採茶歌　顧德潤　042

17. 折桂令　無名氏　044

18. 雁兒落帶過得勝令　無名氏　046

19. 小桃紅（江岸水燈）　盍志學　048

20. 賣花聲（懷古）　張可久　050

21. 弔屈原　貫雲石　052

卷二　功名利祿如浮雲

1. 雙調沉醉東風（漁父詞）　白樸　056

2. 陽春曲（知機）　白樸　058

3. 中呂陽春曲　姚燧　060

4. 越調柳營曲（金陵故址）　查德卿　062

5. 沉醉東風　胡祇遹　064

6. 南呂金字經　馬致遠　066

7. 沉醉東風（秋夜旅思）　張可久　068

8. 雙調水仙子（譏時）　張鳴善　070

9. 雙調折桂令（留京城作）　梁寅　072

10. 中呂山坡羊　陳草庵　074

11. 中呂山坡羊（寓興）　喬吉　076

12. 水仙子（嘲少年）　喬吉　078

13. 賣花聲（悟世）　喬吉　080

14. 黃鍾人月圓　劉因　082

15. 雙調雁兒落帶得勝令　鄧玉賓　084

16. 正宮塞鴻秋　薛昂夫　086

17. 山坡羊　薛昂夫　088

18. 正宮叨叨令　無名氏　090

19. 鸚鵡曲（感事）　馮子振　092

（卷三） 宣洩積壓的情感

1. 前調　王元鼎　096

2. 小桃紅　王惲　098

3. 中呂十二月過堯民歌（別情）　王實甫　100

4. 中呂上小樓（佳人話舊）　吳弘道　102

5. 落梅風　周文質　104

6. 雙調沉醉東風（春情）　徐再思　106

7. 折桂令　徐再思　108

8. 越調憑闌人（春怨）　徐再思　110

9. 清江引（相思）　徐再思　112

10. 水仙子（夜雨）　徐再思　114

11. 落梅風（答盧疏齋）　珠簾秀　116

12. 天淨沙（秋思）　馬致遠　118

13. 落梅風　馬致遠　120

14. 落梅風　馬致遠　122

15. 越調黃薔薇過慶元貞　高克禮　124

16. 中呂朝天子（春思）　張可久　126

17. 前調（離思）　張可久　128

18. 折桂令（別懷）　張可久　130

19. 雙調折桂令（寄遠）　喬吉　132

20. 水仙子（怨風情）　喬吉　134

21. 雙調蟾宮曲　湯氏　136

22. 雙調風入松　趙禹圭　138

23. 折桂令（憶別）　劉庭信　140

24. 水仙子（相思）　劉庭信　142

25. 雙調清江引　劉婆惜　144

26. 仙呂一半兒（題情）　關漢卿　146

27. 四塊玉（閒適）　關漢卿　148

28. 沉醉東風　關漢卿　150

29. 四塊玉（風情）　蘭楚芳　152

30. 前調中呂陽春曲（知機）　無名氏　154

31. 水仙子　無名氏　156

32. 水仙子（喻紙鳶）　無名氏　158

卷四　寄情山水忘煩憂

1. 天淨沙（秋）　白樸　162

2. 正宮叨叨令（四景）　周文質　164

3. 一半兒（春妝）　查德卿　166

4. 中呂陽春曲（春景）　胡祗遹　168

5. 人月圓　倪瓚　170

6. 朝天子（西湖）　徐再思　172

7. 小桃紅（客船晚期）　盍至學　174

8. 憑闌人（江夜）　張可久　176

9. 雙調雁兒落帶得勝令　張養浩　178

10. 雙調天香引（西湖感舊）　湯氏　180

11.殿前歡　盧摯　182

12.沈醉東風（秋景）　盧摯　184

（卷五）　忠於內心的聲音

1.一半兒（題情）　王鼎　188

2.山坡羊（春睡）　王實甫　190

3.一半兒（題情）　白樸　192

4.仙呂後庭花　呂止庵　194

5.憑欄人（寄征衣）　姚燧　196

6.蟾宮曲（曉起）　徐琰　198

7.解三酲　眞眞　200

8.雙調落梅風　馬致遠　202

9.雙調潘妃曲　商挺　204

10.折桂令（九日）　張可久　206

11.朝天子（閨情）　張可久　208

12.正宮塞鴻秋（代人作）　貫雲石　210

13.紅繡鞋　貫雲石　212

14.水仙子（展轉秋思京門賦）　喬吉　214

15.中呂上小樓（客情）　景元啓　216

16.中呂山坡羊（抒懷示友人四首之四）湯氏　218

17.小桃紅　楊果　220

18.慶東原（泊羅陽驛）　趙善慶　222

19. 節節高（題洞庭鹿角廟壁）　盧摯　224

20. 寨兒令　無名氏　226

卷六　回歸生活本質

1. 鸚鵡曲　白賁　230

2. 醉太平（歸隱）　汪元亨　232

3. 四塊玉（恬退）　馬致遠　234

4. 雙調蟾宮曲（嘆世）　馬致遠　236

5. 清江引（野興二首）　馬致遠　238

6. 中呂十二月帶堯民歌（寒食道中）張養浩　240

7. 南呂玉交枝帶四塊玉（閒適）　喬吉　242

8. 水仙子（自足）　楊朝英　244

9. 普天樂　滕斌　246

10. 雙調蟾宮曲　盧摯　248

11. 沈醉東風（閒居）　盧摯　250

12. 南呂四塊玉（閒適）　關漢卿　252

13. 南呂四塊玉（閒適）　關漢卿　254

14. 四塊玉（閒適四首之一）　關漢卿　256

15. 春來喜（贈茶肆二首）　李乘　258

16. 紅繡鞋（天台瀑布寺）　張可久　260

自　序

　　時序漸入微涼的秋季，蟄伏已久的活動細胞有一種蓄勢待發的感覺，熱情奔放的盛夏又即將成為過客，這一年的記憶錄中，又可記上個幾筆。生活嘛！偶爾來個出人意料的頑皮和趣味是無傷大雅的，所以我打算抓住盛夏的尾巴，到游泳池清涼一下，再吃一碗超大的挫冰；或者，在艷陽高照的球場上痛快淋漓的玩一場球。有時候，反其道而行的生活，說不定會有脫出常軌的意外想像與收穫，誰說生活就一定要按照規矩來呢？

　　當初，在詮釋元曲作品的過程中，我便試著從多種角度去體會作家所欲傳達的意念，雖然，有時候會有脫離作家意念的想像，但就一個讀者的角度而言，這樣屬於自己有所意會的絃外之音，才是真正的「收穫」。所以，我試著將自己投入作家當時的創作背景去瞭解作品意涵，或者嘗試性地將作品內容與現今社會現象做一結合，企圖拉近讀者與作家之間的距離。因為，在體驗的過程中，如果有了時空的阻撓，一種疏離感便產生，也因為元曲本身有淺近俚俗、反映人生百態的特色，讓我能做如此大膽性的嘗試。然而，如此嘗試的前提是，我一定要抓住曲中的主旨，

因為那是作家真正的創作精神，如果忽略了，我所做的嘗試便成為無病呻吟的泛泛之論了，這是我對自己的期許。

如今，本書出版了，初試啼聲的我覺得在創作的過程中猶如「阿婆生子──真拚」，然而一種踏實感始終存在著。因為這樣的新嘗試，讓我彷彿坐了一趟體驗人生的列車，我開始變得戰戰兢兢，我開始認真地去體驗，因為生活的周圍多有值得我去駐足聆賞、細細體味之處，不管酸、甜、苦、辣，因為如此新奇有趣，讓我願意一直搭乘下去，因為我深信這是一班開往「幸福站」的列車，如果你願意，我們竭誠歡迎你的加入！

體驗後最大的收穫，我覺得元曲作家所編織的文學世界都是繞著「生活」在打轉。「文學即生活，生活即文學」這樣的理念，應該是文學家們千古傳唱不絕的主張吧。面臨現實生活的困頓與挫折，於是，作家進入文學的世界馳騁想像、編織夢想，說他們是逃避嗎？其實，他們只是轉個彎罷了！眼前已是山窮水盡，又何必執迷不悟地走下去呢？轉個彎、換個意念，說不定另一條路便出現好山好水。生活的奧秘在此，奇蹟就像頑皮的小孩，躲在前方轉角處等待你我去找尋。偶爾，作家們搖身一變成為大衛魔術師，揮揮魔術棒，從箱子裡變出活蹦亂跳的小白兔；或者，變出七彩斑斕的手帕，因為他們的巧思，讓生活添加了快

樂的佐料，給了我們無比的能量。

　　有人說：「完美的作品常是一個藝術家在生活細節上追求精確與完美的副產品。」我們不敢說元曲作家們所創作出來的每一首作品都是十全十美的，然而，我們已真正感受到作品中所散發出來的生命光彩和真諦。

　　體驗人生的列車持續行駛著，我只能將我個人一路行來的想法娓娓道出，我想，這就是生活，不僅作品的精神如此，親身體驗後的我也深有所感。現在，我的戰戰兢兢已經變成一種氣定神閒，因為人生路上的行走之間，大地的一切好像就是如此不停地循著一定的軌跡運轉，可以改變的是——可以自由揮動魔術棒的我們。

卷一

人生如戲，戲如人生

山不轉，路轉；路不轉，
人轉。調整腳步，可以更
豁達的看待你的人生。

1. 驟雨打新荷

元好問

綠葉陰濃，遍池塘水閣，遍趁涼多。

海榴初綻，妖艷噴香羅。

老燕攜雛弄語，有高柳鳴蟬相和。

驟雨過，珍珠亂糝，打遍新荷。

人生有幾，念良辰美景，一夢初過。

窮通前定，何用苦張羅。

命友邀賓玩賞，對芳樽淺酌低歌，

且酩酊，任他兩輪日月，來往如梭。

　　大自然的景物，總有吸引人的一種力量。陶醉於眼前的盛夏情景，一股欣欣然的熱情便藉景宣洩而出，作家運用屬於夏天的聲音和色彩，經由筆端的運轉，一一帶出了充滿盛夏特徵的景物：綠蔭、石榴花、燕子、鳴蟬、驟雨、新荷，一幅具大自然色彩的潑墨畫彷彿呈現眼前，此時耳邊傳來燕語和蟬鳴，撲鼻而來

的是石榴花的清香。種種屬於大自然的氣息挑動刺激了人們最敏銳的感官，一片生機充然於大地之中。

　　上半首濃艷多彩的筆墨與下半首抒寫愁苦的情懷，形成了極強烈的對比，由於時處宋末元初之際，作者飽嚐國破家亡的創傷，身處在那樣的時節，自然產生消極悲觀的人生態度。「人生能有多少歲月，良辰美景如斯，不過只是幻夢一場。生命中的窮困通達，也是前生注定，何苦日夜操勞？」久悶於心的苦與愁，終究無心戀棧眼前的盛夏美景而娓娓道出，這種「以樂景寫哀愁」的筆法，動人之情更加深刻。既然命須如此，不如得過且過、及時行樂倒顯快活，「邀請友人賓客，共對杯樽高歌一曲，喝它個酩酊大醉、痛快淋漓，任憑時光飛逝如梭。」豁然情懷之下實道盡了對現實的不滿與無奈。

　　現實社會中的種種困頓，常會讓人心生畏怯而產生消極逃避的心態，最怕就是甘處現境而不思振作，如此幸運之神便擦身而過。「窮通前定」是一悲觀的念頭，如果將念頭轉換一下，其實人生路上本有崎嶇，所謂「山不轉，路轉；路不轉，人轉。」當你無法改變周遭的人、事、物時，何不嘗試改變自己？調整一下腳步，讓自己的人生有新的方向和挑戰，生活契機掌握手中，眼前美景真是「樂景」，此時心情也踏實暢快，何樂而不為呢？

2. 醉中天 詠大蝴蝶

王鼎

彈破莊周夢，兩翅駕東風。

三百座名園一採個空，難道風流種？

嚇殺尋芳的蜜蜂。

輕輕扇動，把賣花人扇過橋東。

  王鼎是元朝文人之一，為關漢卿的摯友，在他的作品中，時而表現出一種放蕩不羈、玩世不恭的作風，嘻笑怒罵之間可以看到他對現實社會作了最無情且一針見血的批判，這首作品便是用誇張的手法對現實進行嘲諷，一句極具力道的「彈破」開啟全篇，試看這些衝破莊周夢中的大蝴蝶如何來到世間拈花惹草。

  「遠處傳來振翅齊飛的聲響，彷彿深怕人家不知牠們的來到，浩浩蕩蕩地有如蝗蟲過境般，頓時之間，已把長滿奇花異草的有名花園給逛遍了，還將花蜜採個精空。說牠們是天生尋花問柳、徜徉花叢間的風流種倒是一點也不為過！牠們這樣天生的風流種把同來尋芳採蜜的蜜蜂嚇得四處竄逃，只要牠輕輕擺動翅膀，哪

怕是蜜蜂，就連賣花人都被搧到橋東去了。」

　　作家巧妙地以詠物的方式將元朝時候在大都、汴梁等大都市橫行霸道、到處拈花惹草的蒙古貴族之惡劣行徑描繪得入木三分，讓人深感痛惡。

　　在元代遭受異族統治的時代裡，這樣的社會現象，對於身處其間的小老百姓只能選擇沉默以對，他們無力抵抗，只有默默承受這一切不平等的待遇，遭逢其時的作家，只有透過作品替市井小民表達心中沉痛的吶喊。雖是詠大蝴蝶，但作家透過對美麗花蝴蝶的情態描寫，道盡元朝時候在大都市橫行霸道的貴族醜態，以美寫醜，在極端對比之下，讓這首作品產生極大的誇張藝術效果，也讓讀者瞭解到當時候的社會風氣，這些花花公子的蠻橫兇殘更令人髮指。此外，在詼諧幽默、像是惡作劇的筆調下，在在體現出文人對現實社會之終極關懷。

3. 中呂陽春曲 知機

白樸

今朝有酒今朝醉，且盡樽前有限盃，
回頭滄海又塵飛。日月疾，白髮故人稀。

「有花堪折直須折，莫待無花空折枝。」老天爺給予我們的光
陰有限，既然如此，就該好好把握住當下擁有的時間。

經歷風雨折騰後，終於可以喘口氣了。好不容易偷得浮生半
日閒，邀幾個知心好友小酌一番吧！當那略帶辛辣卻不失本色的
液體滑過喉嚨，頓時好像有股氣直衝進了腦門。這箇中滋味兒豈
能用言語來形容，時間彷彿都在此時暫停了。

人家說「夕陽無限好，只是近黃昏。」美好的東西總是不會
長久的，既然開心也是一天，不開心也是一天，那我何不選擇快
樂呢！哪怕等清醒了又是人事已非。

哎呀！不管他了！都到這把年紀了，再不趁此時共歡暢飲，
以後還不知道有沒有機會哪！

世事多變化，我們永遠無法知道自己還有多少時間，也不知

道還有多少時間跟家人相聚。

　　記得高中時，有位老師在母親節前夕告訴我們，愛就要大聲的說出來。我們會告訴自己喜歡的人說有多喜歡他，卻很少會對父母親說出口，想想似乎有點不公平。於是，老師要我們回家，跟家人說「我愛你」。

　　聽了這項作業，心裡一半是躍躍欲試，一半又不好意思，畢竟從沒說出口過啊！但還是鼓起勇氣，說了之後，舒服多了。是啊！我愛我的家人，那我就要讓他們知道，我不希望在無法挽回的時候才痛哭失聲的說我愛他們，那已經來不及了。後悔的感覺，是很無力很不舒服的。你愛你的家人嗎？

　　愛，就大聲的告訴他們。

4.
慶東原 嘆世

白樸

忘憂草，含笑花。勸君聞早冠宜掛。

那裡也能言陸賈，那裡也良謀子牙，

那裡也豪氣張華。

千古是非心，一夕漁樵話。　、

　　宋朝的東坡遊赤壁，因念及昔日三國的爭戰，想到周瑜等人的雄姿英發，運籌帷幄，赤壁之戰火燒滅了曹操連環船的精采事蹟，如今卻早已灰飛湮滅，只留下青史中的文字記載供後人案頭閱讀，或由說唱藝人顯弄本事，道說當年事。

　　「物換星移」，滄海都能成桑田了，還有什麼是永久不變的呢？莫如忘卻這些個煩惱事，讓愉悅重回臉上。儘管那重樓閣宇富含多少的名利，我勸你不如趁早賦歸吧！

　　你看看，那曾為周武王出盡謀略討伐商紂的軍師姜子牙；曾經為漢高祖、漢文帝數度出使南越，只憑三寸不爛之舌便能使南越順服的陸賈；那個晉代最講義氣，獎掖後進，權盛一時的張

華；這些史上有名的人，如今都在那兒了。這千百年來的恩恩怨怨，就在我們這閒談中給說完了。

曾經北上到國家劇院欣賞由河洛歌仔戲演出的歷史大戲〈秋風辭〉，內容敘述西漢武帝晚年因迷信長生不老之術，使奸臣江充有機會陷害太子劉據，引發了一場父殺子的人倫悲劇——「巫蠱之禍」。

全戲由武帝的祭天儀式拉開序幕，佈景以及音樂營造了西漢宮廷的氣勢，讓我的思緒穿越時空回到古代。隨著劇情、演員的詮釋，讓我看得如癡如醉，直到結束後還久久不能回神。

然而就在台下的這幾個小時中，我看盡了戲中人的一生；就在這台下，我看到了世人為求名利的爭奪醜態。冷眼旁觀，這一切真是讓人感慨不已，也就更能體會「浮生若夢」這句話的意境了。

5. 清江引 錢塘懷古

任昱

吳山越山山下水，總是淒涼意。
江流今古愁，山雨興亡淚。
沙鷗笑人閑未得。

滿目情景，原該是賞心悅目的，卻偏偏生出無限傷感來。是呵，江山未改，朝代屢更，撫古思今，豈能不心懷感傷！詩人面對河山，總是忍不住地感懷。

他站在錢塘江岸邊，看秘綠的江水不停地緩緩流著，心神也隨著江水飄遠了……

春秋戰國時代，吳、越兩國在這裡爭霸。吳先滅越，越王句踐做了俘虜，後來他回到越國臥薪嚐膽，發奮圖強，終於滅了吳國。不久，越國衰敗了，被楚國併吞，這讓他想起被異族統治的現實來。江水滔滔，歷史也像江水一般地向前奔流著，而他也只能站在江邊感嘆歲月的變遷。「今－古」、「興－亡」四字概括了懷古的感受，連眼前的景物看起來都是鬱鬱寡歡，一片淒涼，

訴說著對故國山河破碎的悲哀，山雨好像爲故國淪亡灑下一片淚水……

　　正當沉浸在哀傷的情緒中，卻聽到在江面飛翔的鷗鳥聲，聲聲啼叫，好像在笑他庸人自擾，自找麻煩。他不禁莞爾一笑，其實是自嘲，更是自我寬解。

　　當我們陷入一種情緒當中，最怕的就是無法跳出。即使是憑弔古蹟，我們所看見的，無非都是歷史的教訓。那些爭戰興亡已成過去，未來才是重要的。有時思考事情，我們不妨將自己抽離，嚐試用不同的角度去看待事情。也許我們會像那飛翔的鷗鳥一樣，看到人世的紛擾，不懂人類爲何如此忙碌。有時停下腳步，不要急著將自己投入某處，也不要讓一些情緒困擾自己，放寬心，重新去看看世界之後，或許你會覺得當初的自己是如此庸人自擾，不再疑惑了。

6. 雙調蟾宮曲 自樂

孫周卿

想天公、自有安排，展放愁眉，開著吟懷。

款擊紅牙，低歌玉樹，爛醉金釵。

花謝了、逢春又開，燕歸時、到社重來。

蘭芷庭階，花月樓台，許大乾坤，由我詼諧。

　　記得曾有一個心理測驗，問我們的心境是否會隨著天氣的陰晴而有所不同。在戲曲小說中，為了劇情的氣氛，常會配合適當的場景。

　　在《漢宮秋》一劇中，當漢元帝送走了王昭君後，回到宮中，臥榻上輾轉難眠，作者就安排了午後的梧桐雨，細細綿綿的聲音不絕於耳，讓原本心煩的元帝更加的難忍相思。

　　現實生活中可就沒有這樣子的需要了，所以常說「老天爺不會因為我們的悲傷難過而有什麼樣子的改變」，傷心的只有我們自己而已，天地是無動於衷的，它們還是很規律的運作著。

　　比起無垠的天地來，許多斤斤計較的事情好像真的沒什麼大

不了的，但為什麼就是掙不開呢？

　　也許就是因為生命苦短，所以會追求在有生之年能夠過上好日子，故而對周遭的事情斤斤計較。買東西時，常想要殺價，以最低廉的價錢買到最好的東西。又或許為了許多與自己失之交臂的好機會而扼腕不已，只要念及就會十分後悔，總是說「早知道就……」而自暴自棄，殊不知在此時又錯過了更好的機會。

　　作者掙脫了這層屬於「我執」的束縛，瀟灑的說「想天公、自有安排」，如此把生命歸之於老天的安排，似乎顯得有些消極，其實不然。看作者所寫「花謝了、逢春又開，燕歸時、到社重來」會發現，生命就是這樣子不斷地反覆，花開花謝，就如我們的歷史寫照；每個朝代的故事都有同樣的模式，不論開國帝王如何的防範，最後總會落入同樣的窠臼，所以有「富不過三代」的說法。既然如此，倒不如順其自然，凡事只求盡心盡力，做到自己的本分，當自己總是處於準備好了的狀態，又有什麼會讓自己錯失的呢！所以說「許大乾坤，由我詼諧」。

7.

普天樂 嘲西席

張鳴善

講詩書，習功課。爺娘行孝順，兄弟行謙和。為臣
要盡忠，與朋友休言過。養性終朝端然坐。免教人
笑俺風魔。先生道、學生琢磨。學生道、先生絮
聒。館東道、不識字由他。

時下青少年，人們總給予「草莓族」的稱號，原因是認為現
在年輕人經不起考驗，抗壓力小，解決問題的態度又多不夠成
熟，行事衝動等等；相對地，在這些「草莓族」少年的眼中，老
一輩人就是「LKK」一族，他們總覺得長輩不瞭解他們，愛管東
管西，愛叨叨唸唸。綜觀兩代之間，已經出現如此難以溝通的鴻
溝，實際上不過是「價值觀」的改變，時代不斷變換，社會腳步
當然隨之變遷跟進，人們的價值觀與想法因應改變不是沒有道
理。人總會犯一個毛病，就是用己所受之教育與成長背景等一些
先入為主的想法去看待「每一件事」，這樣的態度所交織出來的
兩代溝通問題，勢必永遠會是雙方都無法跨越的界線。

作者透視出這樣的問題，在文中從側面角度點出了這樣的隱憂，揭露諷刺了封建教育制度的腐朽與可笑，「封建」這樣的名詞，始終都是年輕一輩的人看待老一輩人的價值觀念，隨著世代變遷，人們只是用不同的名詞代稱罷了！

　　題中的「西席」，指的是家庭教書先生。文中主要在嘲弄教書先生在學生面前喋喋不休地絮叨著，要學生讀四書五經、孝順父母、兄弟謙和、不言人過、做忠臣，但是年輕氣盛的學子們怎麼聽都覺得不耐煩，看在主人眼裡也無可奈何。我們似乎可以想見教書先生正搖頭晃腦地唸著三字經中的內容「人之初，性本善……」，要孩童跟著念，而年紀幼小的孩童怎會乖乖就範？一邊玩著，嘴裡像是不知所云似的跟著教書先生唸唸有詞，就這樣有一搭沒一搭的敷衍著，學習效果當然顯而易見。

　　曾幾何時，我們也是高喊著「只要是我喜歡，有什麼不可以」的年輕學子，說明著在每個人成長過程中都曾有過這麼一段年少輕狂的歲月，所以，趁著年輕，有嘗試錯誤的權利，盡情揮灑又何妨？當我們看待這些年輕人，是否能用更寬大、包容的心？用瞭解去取代放縱，有一天他們亦會有所體會。

8.
山坡羊 潼關懷古

張養浩

峰巒如聚，波濤如怒，山河表裡潼關路，
望西都，意踟躕。
傷心秦漢經行處，宮闕萬間都做土。
興，百姓苦；亡，百姓苦。

「潼關」在今日陝西省潼關縣的東南部，是山西與河南的交界處，面臨著黃河以及崤山，東漢的時候設置了潼關，而潼關所保護的，便是歷代的首都——長安。於是它成了自古以來兵家必爭之處。

　　作者在調任陝西時，路經此處，心中多有感觸。凝望著長安，突然間，中國的歷史好像在腦海中閃過了一回，想到紛擾的爭戰在此處曾經發生，想到有多少受到人民稱揚與唾罵的君王，想到自秦立都於此以來多少宮闕樓閣，而今安在哉？

　　難怪古代子弟不論家境多麼的貧困也一定要讀書，考取功名，因為「興，百姓苦；亡，百姓苦」。位屬於最低階層的老百

姓，沒權又沒勢，從來就只有被欺壓的份兒。太平時代，農作物即便有所收成，也在層層的剝削下使得生活僅得糊口；飢荒的時候，倒楣的第一個就是農民，更不用說兵荒馬亂之時了。

　　在電影鐵達尼號裡，細膩的鏡頭拍攝，讓我們見到上流階級的奢華生活是建立在許多工人忍受著熾熱的火爐、震耳的噪音之上，這些辛苦的工人們不但沒有受到比較好的待遇，反而在撞上冰山時，最先犧牲的就是他們；有錢有地位的人們，早就等在甲板上，準備上救生艇了。如此的情形，怎能不讓有識之士為百姓感到心疼呢！

9. 雙調水仙子 夢覺

喬吉

喚回春夢一雙蝶，忙煞黃塵兩隻靴。

三十年幾度花開謝，煎熬成頭上雪。

海漫漫、誰是龍蛇；

〔魯子敬〕能施惠，〔周公瑾〕勇打暨，千古豪傑。

　　記得小時候讀過一則西方的寓言故事，說一個賣牛奶的姑
娘，有天提著牛奶去市集上兜售，路途中無聊，便開始盤算今天
的牛奶能夠賣多少錢，等她賺了多少錢後，可以買多少新衣服如
何打扮自己……越想越美好，越想就越開心，姑娘不由自主的手
舞足蹈了起來，沒想到手上的牛奶突然灑了一地，這時她才恍然
回神，但是，一切都太遲了。

　　「把正在夢中翩翩飛舞的一雙蝶兒叫回現實來，可知這黃粱夢
中的一切得要幾年的辛苦奔波，耗盡多少努力才能得到。等到夢
想成真，恐怕都已經鬢白如霜了；這樣個髮蒼蒼、視茫茫的老人
家，如何盡興享受眼前的成果哩？到頭來，年輕時爭來奪去的，

只為了證明自己比別人厲害。現下理出結果了嗎？像魯肅、周瑜那樣的豪傑，到這個時候，還不都一樣了。」

　　前些日子看了幾個命學節目，其中有一個提到食物跟我們的命理也是有關的，挺有趣的。這位命學家根據八字屬性說明哪些食物可以幫助事業，哪些最好要避免，並有現場來賓根據自己過往的經歷來加以印證。以前人常說男人只要娶了有錢的太太就可以少奮鬥幾年，想來現在又有更多可以參考的依據，讓我們在工作上可以更加順利了。

10. 山坡羊　西湖醉歌次郭振卿韻

劉致

朝朝瓊樹，家家朱戶，驕嘶過沽酒樓前路。貴何
如，賤何如？六橋都是經行處，花落水流深院宇，
閒，天定許；忙，人自取。

作家曹雪芹在歷經宦海浮沉、家道中落之後，以畢生精力創
作至今仍為人所稱道，並喻為清代四大小說之一的《紅樓夢》。
原因無它，唯有看破。作者榮華富貴一生，到頭來卻落得一場
空，其能於文學史上留名的代價如此之大，讓人不免心生感嘆！

作家劉致在西湖醉飲之際，寫下了這首抒懷之作，其雖與曹
雪芹身處在不同朝代，但仍不免讓人深覺兩人有英雄所見略同之
處。冷眼看世界，眼前的榮華富貴，朱門大戶深深庭院，不過只
是過眼雲煙，最後免不了如落花流水般一逝永不回，留不住也帶
不走，何必自討苦吃？一切的奔波忙碌不過是咎由自取罷了！何
不好好享受上天特許的片刻悠閒？貴賤之間，便視個人如何定奪
了。

「悠閒」二字對於現代人而言，似乎是一種奢侈的享受，但從另一角度觀之，人們終日的奔波忙碌，不也是在追求更為奢侈的物質享受？生活中的「悠閒」，只要用心經營，其實俯拾皆是，不費吹灰之力；令人不解的是，實質看得見的回饋才能滿足時人的物質慾望，而前提是個人得出賣自己的勞力與精力，現在的社會似乎已是個「向錢看」的社會，人們也樂於成為金錢與時間的奴隸，甘之如飴且樂此不疲！

　　別讓外在物質炫惑了你最本質的心，外在的你或許有不得不向現實低頭的苦衷或壓力，最怕的就是內在的你也隨之沉淪，給清新的本我好好去享有上天特許每人獨有的悠閒空間吧！

11.

滾繡球 摘調

鄧熙

千家飯足可周，百結衣不害羞。

問甚什破設設歇著皮肉，傲人間伯子公侯。

閒遙遙唱些道情，醉醺醺打個稽首。

抄化些剩湯殘酒，咱這愚鼓簡子便是行頭。

今朝有酒今朝醉，明日無錢明日求。散誕無憂。

「我身穿不知縫補幾次的百衲衣，手裡拿著漁鼓、板子，有一下沒一下地敲打著，走在大街小巷。

左一聲大爺！右一聲大嬸！大夥兒聽我唱那李鐵拐如何得道成仙的道情曲，如果唱得不錯，請各位有錢的，賞我點零頭花用；無錢的，賞點剩湯殘飯，給我圖個溫飽，日子也是一天過。

我無妻無子，只有這一身破爛衣裳，還有漁鼓、板子伴我行走天涯。閒來唱唱道情，悶時喝喝殘酒，過一天是一天，我這孑然一身，無憂無慮，那些王公貴族的富貴和人生哀樂全不放在眼裡。今天有酒喝就醉個痛快，沒錢的話，那也是明天的事，明天

再說，且求今日過得痛快。

欸！各位看倌，問我是誰？

我是個整日閒散放狂，四處遊歷乞食的老道士。」

元曲中所描寫的人物題材是多元性的，加上元曲的文字淺白通俗，在描寫道士這樣的人物時，其形象更爲活潑鮮明，更能貼近讀者。

老道士看破世情，放浪塵外，四處遊歷乞食，人間富貴眼前過，不留心底，閒時唱唱修仙得道的道情曲，悶時喝喝酒，這樣狂傲不羈的行爲，其實是對傳統社會的反抗。世間給予我們的束縛太多，只是我們無所知覺，老道士卻洞悉了這牢籠，他用這離經叛道的言行擺脫世情的桎梏，還渾然不知的我們，又該如何自處呢？

12.
沉醉東風 重九

盧摯

紅葉、清流御溝，黃花、人醉高樓。雁影稀，日山
容瘦，冷清清、暮秋時候。衰柳寒蟬一片愁，誰肯
教、白衣送酒？

「在冷落清秋時節，心中一種莫名的愁鬱無限滋生，慨嘆無人
瞭解，世態炎涼、人心不古，有誰能瞭解我心中的苦悶？將這樣
的愁思訴之於筆調，題在紅葉上，希望流水能帶走我的情意，更
企盼有心人的拾起，與我同消心頭之憂。獨自一人花下獨酌，重
九時節菊花開得正盛，遠方天際萬里長空，幾隻秋雁歸飛，又是
日落時候，眼前壯闊的遠山隨著月落天暗而變得清瘦，寂寥淒涼
的感覺不時襲上心頭，在這樣冷冷清清的暮秋夜晚，陪伴我的只
有那隨風飄動的衰柳與斷斷續續的寒蟬鳴叫聲，先前隨流水飄走
的憂愁，想必是無人能解了，渴望有人送酒一同消憂的心情我想
免了吧！今晚只有面對躲在雲後忽隱忽現的月亮舉杯消愁，想來
是愁上加愁了！」

人是一種奇怪的動物，常有自認為說不上來的情緒，而這樣的情緒因為沒來由，所以也無從理起；更因為無從理起，也只能讓它恣意蔓延。人也是一種可愛的動物，自己理不清的情緒又想要別人能瞭解，因為別人的不瞭解，又讓自己的愁更增添一層，像是莊子與惠施論水中游魚的對話一樣耐人尋味：「你不是魚，你怎麼瞭解魚快樂與否？」「你不是我，那你又怎麼知道我不知道魚快樂與否？」頗讓人難以理解的對話，現實生活當中，你是否也曾有過如此跳脫不出的情緒困境？

　　隨心所欲吧！有時候抓不住的心思，就放任它去逍遙一陣子，說不定，拾起那片紅葉的人，不是別人，而是自己。

13. 雙調沉醉東風 對酒

盧摯

對酒問、人生幾何，初無情、日月消磨。
煉成腹內丹，潑煞心頭火。葫蘆提、醉中閒過。
萬里雲山入浩歌，一任傍人笑我。

　　酒，似乎真的是詩人的良伴，他們把許多心事告訴酒，然後
吞進肚裡，或是化為愁腸相思淚，或是一醉解千愁。此時的作
者，又對著酒自問自答了起來。是發酒瘋嗎？是醉言醉語嗎？似
乎都有點吧！但卻饒富意味。

　　他問酒知不知道人生？呵呵，酒當然不知道啦！所以他告訴
酒，人剛開始時什麼都不知道，是沒有什麼感情的。可是時間久
了，就從為賦新詞強說愁的少年變成了欲說還休的人。就好像一
個原本胸懷大志的青年看盡了世態的炎涼而日漸圓滑，不再那麼
的有稜有角，不再那麼堅持，所以凡事隨便啦！只要自己的生活
能夠過得順遂，就不必去理會旁人的眼光。

　　平心靜思，似乎真感覺到了作者心中那股淡淡哀愁與無奈，

感覺到從心底湧出了一種叫心酸的東西。

　　彷彿人生沒有永遠的快樂，真正擁有快樂的就只有孩提時代了，也許孩童時期的純真無邪，是為了彌補往後的倍嘗悲歡。

　　真的不懂，為什麼會有這麼多不同的人來與我們交集，為什麼會有這麼多不同的境遇來讓我們經歷，進而撞擊出許許多多不同的火花，是佛家所謂的磨練嗎？可是，為什麼要有這些的磨練呢？智者說這是讓我們的個性能夠越來越圓滑。但，為什麼要圓滑呢？率性不好嗎？老祖宗就會說，這是與人相處的一種智慧，要當一個好人，人人喜歡親近的好人。要壓抑自己的率性來當好人，這是什麼樣子的道理呢？

　　人是要為自己而活？還是為他人而活？這是個挺有趣的翹翹板問題。也許我們要花好久的時間尋覓才會有答案，也或許一直都沒有答案，也許……

14. 折桂令

盧摯

想人生七十猶稀，百歲光陰。先過了三十。
十歲頑童。十戴尫羸。五十歲、除分畫黑。
剛分得、一半兒白日。風雨相隨，兔走烏飛，
仔細沉吟，都不如快活了便宜。

「光陰似箭」這句話，真的不是隨便說的。念國民教育時，自己是沒什麼感覺，因為每天幾乎反覆過著同樣的生活。但是到了大學、研究所就不同了，昔日的同學或是找工作，或是結婚、生子，而自己卻彷彿仍在原地踏步般，原本平穩的陣腳，在聽到這些消息的那一瞬間，也有閃神的時候。

「人生七十古來稀」，在這不到百年的人生，除去了無法自主的孩提時代，以及一成不變又漫長的求學生涯之後，才似乎有了屬於自己的時光，但人生卻已經過了一大半。

面對往後要靠自己打拼的未來，職場上的競爭、家庭上的負擔與下一代的教育，許多事情接踵而來，作家吳晟曾形容過，那

是「甜蜜的負荷」。

　　曾經仔細地觀察家裡的老奶奶。七十八歲的她總是閒不下來，常常勸她要多休息，甚至搶著把她手邊的工作接下來做，但轉過身來看，發現她又另外找事情忙了起來。不是老奶奶有甚麼勞碌命停不下來，沒有人願意這樣子。她何嘗不想輕鬆，但是雙薪家庭的生活，讓她不得不扛起家裡大部分的工作，總不能等到媳婦傍晚下了班才開始做家事。

　　看著奶奶，讓我汗顏。常常就是嚷累，可是奶奶卻不曾把這些話說出口，甚至許多事情能自己做，就自己把它完成。跟奶奶比起來，我是該要檢討一下了。

15. 楚天遙過清江引

薛昂夫

花開人正歡，花落春如醉。春醉有時醒，人老歡難
會。一江春水流，萬點楊花墜。誰道是楊花，點點
離人淚。

回首有情風萬里，渺渺天無際。愁共海潮來，潮去
愁難退。更那堪晚來風又急。

　　感嘆年華老去，一直是千古文人創作的主題之一，但是同時
運用花和潮水來感嘆年華不再的愁緒，卻是少見。薛昂夫用兩種
曲牌和兩種事物來描寫心中對於青春消逝的愁緒，亦是獨創一
格。

　　前面的曲牌是詠楊花，後面的曲牌是詠海潮，都是感嘆人生
的無盡愁懷。作家最喜歡蘇東坡的作品，所以在作品中便翻用了
蘇東坡的詞曲。如曲中有「誰道是楊花，點點離人淚」化用了
〈水龍吟〉中的「細看來，不是楊花，點點是離人淚」；又如曲中

有「回首有情風萬里」乃化用〈八聲甘州〉的「有情風萬里卷潮來」，結合得十分自然而無雕琢的痕跡。

先是寫楊花綻放盛開的美景，讓春天的景色令人如癡如醉。春天的景色雖然醉人，一旦春去，也有醒的時候。而當人老去，那些歡樂的時光卻已不再。消逝的時光，就像江水滾滾東去不復回般。楊花紛紛凋零飄落，飛在空中。不僅是楊花，更是作家悲嘆年華老去的眼淚。接著，回頭看看廣闊無邊際的天邊，看著風從遠方將潮水吹到岸邊，激起一波波的浪花。莫名的憂愁像海潮般湧上心頭，海潮退去，愁緒卻盤桓心頭，久久不去。加上急急吹來的晚風，讓作家更加愁悶。

花開花落，潮起潮落，都是自然界的自然現象。可是看在作家的眼裡，總免不了聯想到那逝去的青春。花謝了，有再開的一天；潮水退了，有再漲潮的一刻，但是人的光陰卻是一去不復返，也難怪作家有如此的感受了。不過，逝去的是不能追回的，所以更要把握住現在，在這個「當下」，好好的運用生命中的每分每刻，認真的生活。當我們年老時回顧這一生，不會只是悲嘆年輕不再，而是細數過往值得懷念的種種，安然度過晚年。畢竟，生老病死是人生必經的路程，與其感嘆年華老去，不如努力讓自己不悔過一生。

16. 南呂罵玉郎過感皇恩採茶歌

顧德潤

人生傀儡棚中過，嘆烏兔、似飛梭。
消磨歲月新工課，尚父蓑，元亮歌，靈均些。
安樂行窩，風流花磨。閑呵諏，歪嗑牙，發喬科。
山花褭娜，老子婆娑。心猶倦，時未來，志將何。
愛風魔，怕風波。識人多處是非多，
適興吟哦無不可，得磨跎處且磨跎。

　　每逢廟會或是神明生日，總免不了請戲班子表演酬神戲，在中北部的大城市中少見，南部則比較多。姑且不論這些野台戲如何，現今傳播發達，多多少少會見到所謂的歌仔戲或布袋戲的演出。在臨時搭起的戲台上，演員們穿著戲服詮釋一個個不同的故事，台上瘋、台下癡，這麼瘋瘋癡癡地看盡了台上人一生的悲歡離合。

　　人生何嘗不是如此，我們時常比喻人生如戲，而自己就是其中的一個演員，演著自己的故事。只是，這次沒有從旁喝采的觀

眾，只有參與其中的每個人，在有限的人生中盡興的扮演，或是爲了盡孝在愛情與親情中兩難的小生，或是爲了禮教與愛情受盡苦楚的青衣，或是什麼都不管、一味嘻笑糊塗過日的丑角。

最近迷上了看星座的節目，聽專家分析星座的特徵就會覺得很有趣。早先我們都是以所謂的太陽星座來說個性，但現在發現還有什麼月亮啊，上昇等星座會在不同的角度影響我們。

多個星座裡最令我好奇的就是雙魚座了，曾經把電視上的問題拿來詢問過幾個雙魚座的朋友，呵呵！還有點準哩！愛作夢的他們都告訴我，雖然別人總覺得他們活在自己營造的不切實際的世界裡，不管怎麼說他們是開心的，反倒是看到我們這種汲汲營營的人才覺得累呢！這倒是挺有趣的，不是嗎？

17.
折桂令

無名氏

嘆世間多少癡人，多是忙人，少是閒人。

酒色迷人，財氣昏人，纏定活人。

鈸兒鼓兒終日送人，車兒馬兒常時迎人。

精細的瞞人，本分的饒人。不識時人，枉只為人。

　　像是看盡人生百態，作家以一針見血的筆調感嘆事態的炎涼，終嘆一句「枉只為人」，像是寄託心中的憤懣與不平。塑造一個人性格的成因，不得小覷環境的力量，現實環境使然，常摧毀人心於無形，一些「不得不」、「不能不」的苦衷就成為每個人「不得不」拿來作為自我開脫的藉口或理由，就像是手中撒出去的種子，有些能獲得良好滋潤而成一棵大樹，有些卻只能是長成一株小草的命運。然而，不管是大樹或是小草，同樣的環境中，仍有許多執意在逆境中求生存的生命在努力著。於是，摧毀人心於無形的，不是現實環境使然，而是環境背後人們的內心所交織出來種種「不得不」、「不能不」的藉口和理由。

在短短的十二個句子中，作家道出世間形形色色的芸芸眾生，每個人都有其不同的樣貌，所謂「一種米養百樣人」，世間多的是奔波與忙碌的人，汲汲名利與財迷心竅的人，作者在描寫的同時透露出另一種不同的生活方式，雖然他沒寫出來，但是眞正「識時」之人或許懂得箇中滋味，作家口中那些「不識時人，枉只爲人」者，就是選擇在逆境中沉淪、甘於同流合污的人。

　　同是身在芸芸眾生當中的我們，如果偶爾能靜下心來、放慢腳步，在偶然的氣定神閒當中，細細地去觀察周遭的人、事、物，這樣的體會是一種超然的不凡與脫俗，只要你願意，這樣的心靈交會便常駐你心。

18. 雁兒落帶過得勝令

無名氏

一年老一年，一日沒一日。

一秋又一秋，一輩催一輩。

一聚一離別，一喜一傷悲。

一榻一身臥，一生一夢裡。

尋一伙相識，他一會咱一會；

都一般相知，吹一回唱一回。

時光流轉悠悠，記憶回到高中那年暑假……

「芭樂，妳有沒有聽到舍監媽媽在廣播叫我聽電話？」

考完模擬考的下午，心神不寧的我索性躺在床上小憩片刻，上舖的室友小瑜已沉浸在小說與漫畫的世界。

「沒有啊，哎喲！小花，妳是不是腦筋考壞了？」

一句話也沒說，我再次躺回床上，眼睛直瞪著貼在上舖床板上的考試計畫，思緒早飄得老遠……那是我最後一次去醫院看外婆。癌細胞在外婆體中恣意作祟，把她原本消瘦的身軀摧殘殆

盡，臉上凹陷的兩頰讓人好生心疼。外婆的病一直未見起色，或許很少離家這麼久，她一直對媽媽嚷著要回家：「那麼久沒回去了，菜園子裡面的菜也不知道你爸爸會不會去看看？雞舍裡的雞鴨也不知道有沒有去餵？」至今仍然無法忘記外婆充滿期待但顯落寞失望的眼神，口中悠悠說著：「不知道還有沒有機會和時間？」只見媽媽回過身子背對著外婆，邊整理東西邊對外婆說些寬慰的話，淚水已在眼眶中打轉，我想她是不想讓外婆看見的。夢中的外婆一直對我微笑著，我好高興，想外婆一定是病好了，我想過去抱抱外婆，但她卻對我揮揮手，離我越來越遠，我怎麼也追不上她。

「209寢室×××，有外線電話。」我再次從夢中驚醒過來，顧不得身後室友的追問，我直往門外衝。

「對不起！我們剛剛沒有廣播喔！」

懷著忐忑不安的心情拿起電話，按下家中電話號碼。「外婆在早上已經過世了，因為妳要考試，所以我們沒有通知妳。」媽媽在電話那頭說著。

掛上電話，想起夢中的外婆，我知道妳一定是要來告訴我妳已經不痛了，妳可以回家了。閉上眼睛，回想著剛剛夢中一直對著我微笑的外婆，眼淚已不聽使喚地滑落。

19. 小桃紅 江岸水燈

盍志學

萬家燈火鬧春橋，十里光相照。

舞鳳翔鸞勢絕妙。

可憐宵，波間湧出蓬萊島。

香煙亂飄，笙歌喧鬧，飛上玉樓腰。

　　多麼熱烈歡騰的元宵夜晚！看那匯聚於江岸橋頭的點點燈火，一眼望去有如夜晚的萬家燈火，好不熱鬧！就連距離十里的江岸，璀璨的燈火依然相互映照著，各形各色的燈籠在夜空中舞動，將夜晚點綴得更加美麗。燈光輝耀不已，人來人往喧鬧的笑語，一切的一切，盡收眼裡，喧囂聲在耳邊忽遠忽近，彷如夢境般，但這一切都在瞬間凝結……且緩緩地飄向雲空，飛向未知的遠方。

　　提到元宵節，不免讓人想到辛棄疾〈青玉案〉一詞中描寫元宵節的名句：「眾裡尋他千百度，驀然回首，那人卻在燈火闌珊處。」不同於盍志學這首作品，辛棄疾的作品中帶有一點小小的

驚奇，的確是，很多人總被眼前絢爛的燈光迷眩，對於眼前的美景說什麼都不願離開一眼，深怕一個閉眼就錯過任何精采的畫面。人生的境遇也是如此，當眼前的一切開始變得虛幻不實，人也開始手足無措之時，記得，回首望望站在暗處看著自己的另一個「你」或是那個最瞭解你的人，他們將是檢視自己生命的另一面鏡子，相互映照之下，鏡中的你已然清晰；鏡外的你，因為瞭解、因為明白亦將重回現實。處在喧囂城市的你我，偶爾給自己一個獨處的空間，它將會是個累積生命能量的地方。

　　偶爾回首望一下吧！就在剎那轉念之間，你將會發現屬於你生命中的驚奇。

20.
賣花聲 懷古

張可久

美人自刎烏江岸，戰火曾燒赤壁山，
將軍空老玉門關。
傷心秦漢，生民塗炭，讀書人一聲長嘆！

　　這是一首站在歷史高度上所作的曲。張可久將楚漢相爭時項
羽自刎烏江、三國時代的赤壁之戰，以及漢朝班超長年戍守玉門
關等典故加以鎔鑄，點出「傷心秦漢，生民塗炭」的主旨，表現
了百姓生活於水深火熱之中的困苦境遇，並無對百姓苦難多作說
明，只是對於人民生活的困苦艱難表現出最深沉的同情。

　　自古以來，在封建帝王的統治之下，人民的生活幸福與否全
掌握在帝王手中，常因兩國交戰或政權更替而戰火四起，當在上
位者正享受勝利的果實時，承受戰爭帶來的苦果的卻是廣大的人
民百姓。作者身處元人統治的時代，同樣感受到戰爭的可怕，更
深刻體會異族統治的痛苦，但他並不因此只侷限於自己的個人痛
苦中，他將焦點放在廣大群眾的身上，為他們的苦難發出沉痛的

嘆息，因此用一聲長嘆作結，表現了作者的無奈之情，更顯現了他鎔鑄古今的功力和對歷代興衰的立場和態度，具有很高的藝術性。

　　反觀今日許多作家，無論是戲劇、小說、歌曲等創作，多半十分商業化，且多侷限在個人的情感範疇，或言失意不得志，或言感情不順遂，常是無病呻吟，並非真有那麼深的感觸，也許作品轟動一時，卻在幾個禮拜後消失無蹤，無法成為萬古流芳的作品。而如張可久這類的偉大作家，其作品並非典雅，卻是元曲本色，格調亦不低，相信其作品以後仍將流傳下去。

21. 弔屈原

貫雲石

楚懷王，忠臣跳入汨羅江，離騷讀罷空惆悵。日月
同光，傷心來笑你一場。笑你個三閭強，為甚不身
心放？滄浪污你，你污滄浪。

孟子說「盡信書，不如無書。」我有個疑問，知識的來源最
早就是來自於這些書籍，很自然的就會相信書裡寫的東西，當我
還處於吸收知識的階段時，怎麼能不相信呢？長大後開始明白事
情並不是只有單一面向。於是，我懂了這句話的意思：就是要對
我們所看到的每件事情，不要一味的只是接收訊息，是要去消
化、吸收。說白了，就是要動腦子去想，有自己的見解。

就拿屈原來說吧！他是古來文人遭逢時遇不濟時最直接聯想
到的典範。每當我看到書的時候，就覺得屈原真是可憐啊！深深
地為他同情，也覺得大家一定都是這麼認為，但事實卻不然。

元代貫雲石笑起了屈原：你為什麼這麼執著呢？你這樣做改
變了什麼嗎？沒有，只不過死了一個人罷了，楚國還是一樣啊。

這多麼不值得啊！所謂「達則兼善天下，窮則獨善其身」，如果每個時運不濟的人都像你一樣，這成何體統啊！

最推崇屈原的，當屬漢代的司馬遷了。他以忠言直諫而受到腐刑，內心相當忿忿不平，於是把所有的心事都寄託在史記一書裡，寫到屈原更是有如遇到知音一般。後來的班固就有不同的看法，他不認同屈原的行為，認為那是一種社會適應不良症。成天跟國君唱反調，還寫書到處訴苦，這根本就是陷國君於不義，是不值得取法的。

同樣一個人，同樣一件事，落在不同人的角度來看，就有不一樣的定義，甚至是兩極化的評價。由此看來，是非對錯，還真的是沒有一個絕對。「滄浪之水清兮，可以濯吾纓；滄浪之水濁兮，可以濯吾足。」每一件事情，一定有其相應的辦法，端看我們有沒有這個智慧去發現。如果一意孤行，那麼你嫌滄浪水髒了白己，滄浪之水還怕你污了它原本的潔淨哩！

功名利祿如浮雲

拿的起，放得下，真正成
功的人懂得急流勇退。人
生無常，你要的是隨波逐
流，還是眼前的美好？

1. 雙調沉醉東風 漁父詞

白樸

黃蘆岸、白蘋渡口，綠楊堤、紅蓼灘頭。

雖無刎頸交，卻有忘機友：點秋江、白鷺沙鷗。

傲殺人間萬戶侯：不識字、煙波釣叟。

　　自古以來多少人汲汲營營於求名求利，爲了名利甚至不擇手段，作者卻說煙波釣叟能夠傲殺人間萬戶侯，眞是不尋常。箇中理由，其實也不難了解。

　　儲君的地位是每位皇子夢寐以求的，於是皇長子就成了大家眼紅的目標，一個坐上太子寶座的人，並不保障他就可以坐得穩穩當當，除非眞正當上皇帝。大家所熟知的唐太宗，是以二子秦王的身分發動了玄武門事變，殺了大哥，也就是太子建成，才得以當上儲君；清代雍正奪位，在小說戲曲裡不停地被渲染著，也是相同的故事。爲了儲君之位明爭暗鬥，完全不顧手足與親情的倫理，然而當上了皇帝，是否就眞能安享帝位呢？其實不然。西漢武帝四處征伐建立帝國，到了晚年迷信於長生不老之術，想要

永保帝位而疑神疑鬼，最後甚至懷疑自己的親生兒子劉據要陷害他，而殺了太子，寫下歷史上有名的「巫蠱之禍」。

　　除了這些之外，其實每個人的周遭以及一生當中都難免會有這種情形發生，只是視情況而有輕重的區別。所以作者說他所在的地方「雖無刎頸交，卻有忘機友」，與周遭的一切沒有任何的利益糾葛，大家相安無事，我不傷你，你也不用防我。這種寧靜的生活，也許就是大家心中最嚮往的了。

2. 陽春曲 知機

白樸

張良辭漢全身計，范蠡歸湖遠害機，
樂山樂水總相宜。
君細推，今古幾人知。

　　能預先察覺到事物將要變化，則予以迎合或迴避，就是知
機。漢朝的張良幫劉邦平定天下，功成辭去，推辭了高官厚祿，
據說是去修道學仙，換來了全身而退；越王身邊的范蠡助越王滅
吳後，遊於五湖，也因回歸湖光山色之中而遠離了害人的政治鬥
爭，這些在在證明了「遠害全身」，保全自身的道理。由此可
知，仁者智者的樂山樂水不是沒有道理的。但是，細心推求、深
究，這個道理從古至今又有多少人懂呢？

　　試想當年李斯就是不明白這個道理，最後落得將被腰斬棄
市，才大嘆無緣與小兒黃犬追逐奔跑於野外。而唐朝名將尉遲
恭，因為明白箇中道理，因此在助太宗取得王位之後，選擇隱居
終老，因而成為唐代陵煙閣二十四功臣之一。現代人卻不知記取

歷史的教訓，一生追逐名利，最後到底得到什麼？

　　真正有智慧的人，放情於山水之間，向大自然學習，就像《老子》中所說的天地生養萬物，當萬物長成，順應四季時節而變化，天地卻功成不居，放任萬物生生不息，這才是真正的智慧，這也就是何以中國人十分講究「天人合一」境界的原因。

　　作者因為明白這個道理，因而慨嘆世人迷戀高官厚祿，不識知機避禍，故寫下這樣的作品，希望警醒世人也警惕自己。我們今天再回來看這樣的作品，更應懂得功成不居、以避開禍患；這並不是要大家都與世無爭，不為任何事而努力，而是希望大家能仔細想想所謂「真正的智慧」，拿得起、放得下。知道急流湧退的人，才是最後的成功者。

3. 中呂陽春曲

姚燧

筆頭風月時時過，眼底兒曹漸漸多。
有人問我事如何，人海闊，無日不風波。

古人有云：「少年人血氣方剛，戒之在鬥。」這是年輕就是本錢的最佳寫照。如果年紀大了，就免不了嘮叨一番，所謂「老太婆的裹腳布——又臭又長」，即便是有名的大儒，也躲不過這一層變化。咱們就來瞧瞧這位元代大儒是為什麼發牢騷。

原來是危機意識啊！想到自己的青春歲月大多都在筆桿兒的搖晃中給晃過了，不知不覺中人才輩出，這些新秀也不比自己差，突然發現地位受到威脅，似乎努力了這麼久卻一事無成，空虛的感覺讓他害怕了起來。但是自己年紀也大了，還能怎麼樣呢？

其實，讓作者不安的真正原因是元代的社會現象。從歷史記載可以知道，這是外族入主中原的時代，元人的尚武與漢人以文為主不同。所謂「百無一用是書生」，就是因為文人只知道讀書

求功名，沒有其他的專長，一旦功名之路受到阻礙，就完全不知道要如何營生了。

　　姚燧所遇到的就是這個問題。身不逢時以及對於現實的壓迫無力反抗，只能埋首在文字的創作之中，但是「人海闊，無日不風波」，他擔心這樣的寫作生活，會不會在無意之中為自己惹來麻煩。

　　文字語言是我們抒發心聲的管道，每個人都希望能夠暢所欲言，但「禍從口出」，歷朝歷代有多少人就是因此惹上無妄之災，最有名的大概就屬宋代大儒蘇東坡了。終其一生，他真正待在朝廷的時間不多，大多是四處貶官，遊走神州，甚至連他的弟弟蘇轍都受到池魚之殃。

　　反觀今日，言論自由，「人多口雜」，麻煩更甚於昔日，也許是我們該試著學習沉默的時候了。

4. 越調柳營曲 金陵故址

查德卿

臨故國，認殘碑，傷心六朝如逝水。

物換星移，城是人非，今古一枰棋。

南柯夢一覺初回，北邙墳三尺荒堆。

四圍山護繞，幾處樹高低。

誰，曾賦「黍離離」？

　　自古以來，文人多藉由登臨高處或是身處其境抒發一己之感，不論是思鄉或是懷古，如唐陳子昂的「前不見古人，後不見來者。念天地之悠悠，獨愴然而涕下。」即是登高懷古之一例。

　　面對故都金陵，引發詩人思古之情，原為六朝的繁華都城，如今卻只能從殘碑中認出它是六朝的故都。隨著時間的更迭，金陵故址猶在，但人事全非，歷史上你爭我奪、誰勝誰負、你興我亡的事件，不過就如枰棋一般，只是剎那間的遊戲罷了。

　　六朝已如流水般的逝去了，以往的是非成敗，好比南柯一夢，夢醒後所留下的只是更大的失落，什麼賢愚貴賤，最後誰也

逃脫不了上北邙山的命運，都要化作一坏黃土，三尺荒堆。

　　回到現實，即使身在金陵故城，眼看金陵四周群山圍繞，林木參差，但有誰還會再想起六朝時的種種。

　　人生無常，當我們汲汲營營於求取名利地位、在意成敗得失時，光陰已流逝不再，年華老去，所留下的是什麼？是我們要的？還是茫茫然地隨波逐流，追求一些外在的虛名？若因此忽略生活中更加美好的事物，豈不可惜！

5. 沉醉東風

胡祗遹

漁得魚心滿願足，樵得樵眼笑眉舒。
一個罷了釣竿，一個收了斤斧，林泉下偶然相遇。
是兩個不識字漁樵士大夫，
他兩個笑加加的談今論古。

　　從漁夫的「滿願足」和樵夫的「笑眉舒」，我們看到凡夫俗子知足常樂的情懷。「漁翁釣到了魚便心滿意足，樵夫砍得木柴歸也開心地眼笑眉舒，一個收起了釣竿，一個收起了刀斧，滿載而歸的踏上歸途。偶然在山林泉石下相遇，兩位不識丁字的漁人樵夫卻也能像士大夫文人一樣，笑呵呵的談今論古。」

　　文中的漁人樵夫是脫離世俗塵囂的山野村夫，生活過得自在又逍遙，對於世事能笑眼看待，這或許是整日擔憂國家大計、為國事煩擾的文人士大夫所無法表現出來的。於此更襯托出世俗的無奈與可厭，也側面表現出作家對現實的諸多不滿。相對於漁人樵夫的知足喜樂，當他們在山林泉石下相遇，笑談古今之際，實

寓意著「人生在世，夫復何求」的慨嘆！這樣的怡然自得的情懷投射在文人士大夫的身上，又是何等無奈！心中的想望因為現實的不允許，不能也不行，世俗的可厭與可悲不過如此。

　　漁人樵夫只因為得到生活最基本之需求就滿足地眉笑眼開，這種安然自得的心境，或許是在現今充滿物質慾望的社會中所難以到達的境地，人心無法超脫物外，終日只為尋求外在物質的滿足。「知足常樂」這句話，曾幾何時已成為自我調侃的話語，或是只能在作家的字裡行間去感受了。笑笑看人生，其實還有更多值得追求的人生目標，何苦受世俗局限，認真過生活才是最高的生活智慧！

6. 南呂金字經

馬致遠

夜來西風裡，九天鵬鶚飛，困煞中原一布衣。
悲，故人知未知。登樓意，恨無上天梯。

「迎著西風，大鵬鳥正在九天之中展翅遨翔。啊！多麼希望自己也能同牠們一樣，盡興伸展。但是，我到現在還只不過是個小小的布衣罷了，有誰知道我的抱負呢？困頓於此，進退兩難。昔人均說有伯樂，怎麼我總是覓不著上天梯呢？」

有人說「百無一用是書生」，培養出一個文人是相當不容易的。昔時的農村社會，人民生活苦，爲了擺脫這種既看天吃飯，又被層層剝削的日子，都希望家中出一個爭氣的子弟來光耀門楣，巨大的壓力就這麼落在讀書人的身上。

在生存的縫隙中掙扎，求上進，「懸樑刺股」、「鑿壁借光」、「螢囊映雪」等各種努力方法因應而生。在飽讀詩書後是否能謀得一官半職，其實還是個未知數。得到官職後，原本的滿腔熱血，可能被染缸給同化了，也可能成爲力挽狂瀾下的犧牲者。寫

下《離騷》投江自盡的屈原，不就是這樣的一個人。

　　同樣的情況，在武者的身上可能就有不同的作為了。

　　秦始皇統治的時代裡，有陳勝、吳廣的揭竿起義，西楚霸王項羽看到始皇出巡的隊伍，曾說「吾當取而代之」，後來果然發兵抗秦一展抱負。

　　是否文人就比武者弱勢呢？記得以前看過一篇文章，提到有兩個賣鞋的人到非洲去開發市場，一個說非州人都不穿鞋，所以沒商機；一個卻說太好了，非洲人還不知道有鞋子這種東西，所以大有可為，結果發了大財。

　　也許我們不用去尋覓上天梯，而是要找對梯子。

7. 沉醉東風 秋夜旅思

張可久

二十五點秋更鼓聲，千三百里水館郵程。
青山去路長，紅樹西風冷。百年人半紙虛名。
得似瓚源閣上僧，午睡足梅窗日影。

　　作者結尾以何時才能像瓚源閣上的僧人，每天都能在日光斜照梅窗的僧房裡安安穩穩地睡個舒服的午覺，慨嘆人的一生多半只是為了半紙功名在奔波忙碌，就算旅途中有看不盡的青山和紅楓，不過也在眼前馳過，讓人覺得乏味。

　　難道生命的意義僅止於此？執你心中所執在身旁任何值得捉住的人、事、物，哪怕是一瞬間的感動，可惜的是你都輕易地放手了，留下的只剩下你莫名的執著與堅持！猶如緊握住一把沙的雙手，任憑你握得青筋略顯、握得實緊，當你再度將手張開時，你會發現，殘留在掌心的只剩下因汗水微滲而黏附在手上的沙粒，其他的沙粒因為你的過於用力而一一的從指縫中溜走了，掌心中和著汗水的沙粒，真是你最想留住的執著嗎？

偉人說：「生命的意義，在創造宇宙繼起之生命。」當不成偉人的我們，也要當個生命過得充實的平凡人，或許我們可以如此自我勉勵：生命的目的，在幻化出多采多姿的組合；生活的意義，在捕捉住稍縱即逝的感動。

　　如果，眼前的青山和紅楓開始讓你覺得乏味，便是你開始失去感覺的時候了，你失去了人所獨有的感受能力，此時生命於你而言不過是過眼雲煙，散了也就結束消失了。

　　試圖放鬆握緊的拳頭，就算一粒小得不能再小的沙粒也會有它容身的空間，生活也是如此。所謂「一沙一世界」，細細去體會，儘管一顆沙粒不小心從手中溜走了，它也將會留在心中深處，轉化成值得珍藏與回味的記憶。

8. 雙調水仙子 譏時

張鳴善

鋪眉苫眼早三公，裸袖揎拳享萬鍾，胡言亂語成時用。大綱來都是烘，英雄、誰是英雄？五眼雞、歧山鳴鳳，兩頭蛇、南陽臥龍，三腳貓、渭水非熊。

高學歷、高職位就一定連帶的保障道德品行的高尚嗎？由社會新聞的播報可知，這兩者不是成正比發展的。而這樣的狀況，不是今日才有，早在古代就已經層出不窮了。

「那些擠眉弄眼、裝模作樣，看上去就不是正派的人，竟然可以當上有如西漢的大司馬、大司徒、大司空這三公般的高職位；那種一副想打架、動作粗野的人，居然可以享有高薪；這些人說出來的話，多半沒有什麼內容，胡言亂語，卻可以討好當時權貴而備受重用？整個朝廷看上去，這些大官們只有一個字可以形容，就是亂。

所謂的英雄又是如何呢？好勇鬥狠的五眼雞，被當成西周岐山的祥瑞鳳凰；不祥的兩頭蛇，被以為是三國時隱居在南陽的諸

葛臥龍；三腳貓，被以爲是有如西周文王卜出『非熊非羆』之卦而在渭水之濱遇得的姜太公。這樣非有眞本事的人，卻被認爲是賢人的事情，所在多有。」

在社會上其實充斥了許多不確定的事情，無論是政界人物、師長、父母親友、偶像明星，都有可能在某一天突然發生一件令我們瞠目結舌的事情。碰到這類的新聞事件，在當下都會讓我覺得很喪氣，久而久之就發覺眞的是「一樣米養百樣人」，世上的事沒有絕對不變的，只要是人，就會有千奇百怪不可料想的行爲產生。

所以「多看、多想」是我後來覺得很重要的事；先去明白事情，再判斷，然後把值得學習的部分留住，不值得的部分，就當作一個借鏡。許多事情，不必一定要自己去經歷過才能學習到，透過別人就可以有所成長，這也許就是社會所要教給我們的東西吧！

9. 雙調折桂令 留京城作

梁寅

龍樓鳳閣重重，海上蓬萊，天上遙宮。

錦繡才人，風雲奇士，袞袞相逢。

幾人侍、黃金殿上，幾人在、紫陌塵中。

運有窮通，寬著心胸，一任君王，一任天公。

在傳統的農業社會中，由於是看天吃飯的，故而莫不希望家中子弟能求得功名來改換門楣，使家人後代能有好日子過。因此說「士、農、工、商」，可知讀書人的地位是何等崇高了。

但要真正上得了朝堂，且能得到君王的賞識，才算真正揚眉吐氣。只是，聖意就如天意一般的難測，沒有人能夠在仕途上永遠一帆風順，所以那些重重樓閣、雕龍畫棟，對於某些人來說有如佈景，可對於某些人則如銅牆鐵壁一般接近不得。

只能告訴自己，隨緣吧！所謂「時來運轉」，時機到了，就是自己出頭之日，誰教上意難測呢！

其實人生在世哪能凡事順心呢！在家庭的呵護之下，不論古

今的讀書人，都接受著「只要認真，就一定有所得」的正面鼓勵，單純的生活下也少有挫折。可是一旦步入社會，這些打小就深植腦袋的價值觀受到了現實的打擊，言行舉止遭遇外界的考驗，也出現了「認真，不一定就有所得」的回應。

刹那的變化是很難讓人接受的，故而每個人所付出的成長代價就有所不同，真正能夠做到「運有窮通，寬著心胸，一任君王，一任天公」的人不多。也許這就是所謂的執著所造成的吧！

現代的社會提倡多元思考，所以在教育上提出了「能力指標」的新名詞，從小學生開始訓練起，讓大家對於問題多去思索體會，藉由與他人的互動中了解不同的思維模式，而不是一味的接收單一的訊息這樣子，或許在未來不必藉由「時運」來使人發達，而是體會到「條條大路通羅馬」的意義。

10. 中呂山坡羊

陳草庵

晨雞初叫，昏鴉爭噪，那箇不去紅塵鬧。

路遙遙，水迢迢，

功名盡在長安道，今日少年明日老。

山，依舊好；人，憔悴了。

「吃」是維持生命的基本需求。從孩提開始，父母花費最大的心力，就是培育子女成才，根本的希望是讓子女能有獨立的經濟能力，最好就是能夠出人頭地，在社會上佔有一席地位，但這些都是後話。說穿了，就是從能獨立養活自己開始。

在這個大家為求生存以及發展的塵世中，如果我們把鏡頭縮小，集中在一個生氣蓬勃的代表處，就莫屬於傳統市場了。市集裡充斥著為了購買食物的婦女問價聲、為求維持生計的小販吆喝聲、以及雞鴨的叫聲，好個熱鬧的地方。小販們為了生計努力的叫賣與婦女為了家計的斤斤計較，不就像我們在社會裡的追求嗎？

學生時代，為了日後有份好工作，拚命讀書累積自己的學問，積極地參加社團，增加自己的做事經驗，這一切一切都是為了以後的生活。今日的我們算是幸運了，因為社會日趨多元化，雖然依舊以學歷為主，但也越來越朝向能力取向。

　　昔日的單純社會卻非如此，要出人頭地只有求取功名這一條路，所以有「十年寒窗無人問，一舉成名天下知」的說法出現。讀書人都往當時的大都市求發展，就像今日台灣的學子畢業後，都想到台北謀得一份工作的心態是一樣的。站在台北車站的天橋上，看著來來往往的人群，台北還是台北，但是，人卻累了。

　　幾千年來，人的生活模式其實並沒有什麼改變。於是，作者對於這一切感到十分的心疼，心疼世人，也心疼自己。但是，卻也是人在紅塵中而身不由己的無奈。也許就是這一種心情，使得宗教能在這紅塵之中產生，撫慰人們疲憊心靈的原因吧！

11. 中呂山坡羊 寓興

喬吉

鵬搏九萬，腰纏萬貫，揚州鶴背騎來慣。

事間關，景闌珊，黃金不富英雄漢。

一片世情天地間，白，也是眼；青，也是眼。

　　青眼、白眼的說法是從竹林七賢之一的阮籍而來的，相傳他
對人的態度有兩種，如果是高雅之士，就以正眼來看人；如果是
禮俗之士，便用白眼來對待。正眼，就是因為眼睛平視，能夠看
到青色的眼珠的原因，所以後代有所謂「青眼有加」、「垂青」
來表示別人對自己的重視。

　　記得唸書的時候，媽媽總愛說：「隔壁王小明多乖多聰明
啊！每次考試都是全班第一名耶！你唷！要加油啦！人家都可以
考第一名，為什麼你不可以？」而每次王媽媽都會用著「憐惜」
的眼光看著我，真是瞧不起人！所謂「英雄不怕出身低」，我只
是考運不好嘛！可是，真的能夠不在意別人的眼光嗎？

　　如果，能夠隨便一出手就是價值十幾萬的金銀，能夠把騎在

鶴背上遨遊四海當作平常，這樣的人生就好像大鵬鳥振翅，一飛就能衝上九萬里高空一樣的得意。

但人生畢竟是人生，是來磨練，不是來享福的。所以旅程中總有許多荊棘等在前頭，也難免會有時運不濟的時候。所謂「將相本無種，男兒當自強」，一時的失意，並不表示一輩子的潦倒；同樣的，一時的得意，並不能保證永遠的富貴。既然如此，又何必在意別人對我的看法呢！

其實，有些時候人的眼光是看不遠的。大多數都只有注意到眼前的一切而忽略未來。有些人說，麵包是很重要的，所以要找個金龜婿，但是真的能夠就此過著幸福美滿的日子嗎？這是不一定的。

在這多變動的社會裡，存在著許多的未定數，也許白馬王子投資的股票被套牢了，在一夜之間成了窮光蛋；也許賣米的小弟就因為細心和有生意頭腦，努力成為了大富翁。所以，眼前的一切真的是不變的嗎？中國人說「蓋棺論定」，也許，也是有這一層顧慮在裡面吧！凡事當求問心無愧，只要盡力做好本份，相信總會有出頭的一天的。

12.
水仙子 嘲少年

喬吉

紙糊鍬輕吉列枉折尖，肉膘膠乾支剌有甚粘，醋葫蘆嘴古邦佯裝欠。接梢兒雖是諂，抱牛腰只怕傷廉。性兒神羊也似善，口兒蜜鉢也似甜，火塊兒也似情忺。

　　如漫畫般的惡少嘴臉在作家筆下活靈活現地躍於紙上！作家喬吉用了極盡尖酸刻薄與俚俗的字眼，將當時候無賴惡少的惡行惡狀描寫得入木三分。可見握在文人手上的筆有時是最無情的，雖一筆帶過，卻留下足以發人深省之語，言詞之犀利，恐怕要比刀鋒還利！

　　首先，作家即用紙糊的鍬、肥肉做的膠、醋葫蘆般的嘴臉來形容這些惡少，意指他們驕傲自滿卻無真材實料，與人交往只會像抱牛腰般地向那些有權有勢的人逢迎拍馬屁，這樣的人就像紙糊的鍬一般又輕又脆且容易折斷，肥肉做的膠怎能把物黏牢？一副諂媚嘴臉簡直是狗嘴裡吐象牙般的誇張不實，作家言詞犀利地

道出這些惡少不可靠的性格。接下來，作家恣意描寫出惡少諂媚時候的情態，攀權附貴是其拿手的戲碼，時而抱人粗腿，時而像羔羊似地裝出和善的模樣，滿嘴說出的言語像是抹了蜂蜜般的甜，無論對誰都表現出熱情的樣子，著實讓人有無力招架之感！足見文人的筆鋒犀利，尤其是反映現實之時，頗有大快人心、痛快淋漓之感。

　　如此鮮明又具漫畫人物般的形象，不禁讓人聯想到現今穿梭於大街小巷或各家百貨公司的推銷專員，只要他們鎖定目標，只要你的意志不堅，最後留不住的便是荷包裡的錢。所謂「一個巴掌拍不響」，面對這些人滔滔不絕的快人快語與纏功，花言巧語讓人心動，只要多停留一會兒便插翅也難飛。聰明人的因應之道，唯有不理、不睬、快速逃離現場，一時的心軟只會失了自己的荷包。同於作家筆下的惡少，面對這些人，只有不與其一般見識，敬而遠之才是上上之策。

13.

賣花聲 悟世

喬吉

肝腸百鍊爐間鐵，富貴三更枕上蝶，功名兩字酒中蛇。尖風薄雪，殘杯冷炙，掩清燈竹籬茅舍。

悟世，一個「悟」字，有省視吾心之意。富貴榮華、功名利祿是任何人都極想追求的目標，相信在作家心中也曾經有過這樣的想法，然而一旦追求到了，竟有種「杯弓蛇影」的幻覺，一切不過是場幻夢罷了！何以富貴功名就在眼前卻仍有如夢似幻的不真實感？一個「悟」字罷了！靜下心來省視自我，手中掌握的一切只不過是滿足自己外在物質生活及虛榮心而已，真正的心已被虛幻裹上一層糖衣，脫下這件華麗外衣，隨之而見的便是醜陋不已的心，可悲的是，有人卻渾然無覺，依舊遊蕩於幻夢當中想像悠遊著。

元代作家喬吉多有此類保持高尚節操的小令，顯示出他淡薄名利的一面以及在當時難能可貴的品格。「富貴」、「功名」對於作家而言，不過是過眼雲煙，不管是「枕上蝶」或「酒中蛇」，

作家用了莊周夢蝶與古時候樂廣杯弓蛇影的典故，點出富貴、功名的虛幻不實與短暫性，而世道人情的淡薄炎涼在作家眼中更如尖風薄雪，現實得可以。看透了現實的殘酷之後，可貴之處便在於作家「肝腸百煉爐間鐵」，經過種種磨難之後，心腸也變得像爐間百煉的鐵那般堅硬，冷眼看盡人生變化之後，只願安適地守住寒酸卻愜意的竹籬茅舍過生活。

像是童話中國王的新衣一般，當國王自得其樂，覺得自己穿上世界上最美麗的新衣的同時，其實，最醜陋的一面已經赤裸裸地公諸於世人面前；相同的道理，作家喬吉看清了這一點，一種「別人的磚瓦房，怎麼也比不上自家的竹籬茅舍」的隨遇而安，我們感覺到他的悠然與自在。

14. 黃鍾人月圓

劉因

> 茫茫大塊洪鑪裡，何物不寒灰。
> 古今多少，荒煙廢壘，老樹遺台。
> 太山如礪，黃河如帶，等是塵埃。
> 不須更嘆，花開花落，春去春來。

　　記得小的時候常因些芝麻小事和哥哥姊姊吵鬧不休，勸架的爸媽總要我們眼光看遠一點，等以後就會覺得自己這些行為很可笑。可是在當下，這件事情就是最重要的，非得爭出個高下不可。現在回想起來，似乎真的被爸媽給說中了，還真是可笑，有時候彼此談到，都覺得我們那時在做什麼啊！有什麼好吵的！

　　年紀比較大了，真的就眼光遠了嗎？非也。「事不關己則，關己則亂。」其實跟小時候還是沒兩樣，只是比較進步了。這時候，又要站在什麼樣的角度來看呢？

　　如果世界是個大煉爐，那麼能有什麼東西在裡面會不化成灰燼的？由古至今有多少亭台樓閣、多少烽煙高塔風華一時，如今

卻徒留遺跡供人憑弔。

　　長久以來，泰山還是屹立在那兒，黃河兀自悠悠流淌，相較之下，人世間的興衰輪替彷彿風沙吹過般轉眼即逝，又有什麼好嘆息的，又有什麼好放不開的？我們在這兒傷春悲秋，但是，花兒並不是因為我們的嘆息而凋零，四季並不會因為我們的悲傷而靜止。那悲傷是為何？嘆息又為何呢？

　　道家的思想是「無為」、「不爭」。自古以來我們都覺得那很消極，但是，事實並不然。從小到大總是為了許多事情計較與追逐，卻不一定能夠達到目標，更可怕的是達到目標卻有些許的悵然若失。

　　如果，我們總是以有限的生命去追逐變化萬千的世俗事，忽略了把握機會享受生命的樂趣，那是一件非常可惜的事。道家的老莊就是體會到這一層才會告訴我們，既然有些事情是人力無法及的，何不盡力做好自己呢！

15.
雙調雁兒落帶得勝令

鄧玉賓

乾坤一轉丸，日月雙飛箭。
浮生夢一場，世事雲千變。

萬里玉門關，七里釣魚灘。
曉日長安近，秋風蜀道難。
休干，誤煞英雄漢；看看，星星兩鬢斑。

不知怎地，看古龍的武俠小說總會讓我覺得像在看哲學書，讓我在看完之後莫名的湧上許多感受。他在《多情劍客無情劍》，也就是小李飛刀中的最後一場讓我有些感觸。內容大致摘錄如下：長亭外，小道邊，正有一雙少年男女在殷殷話別。

英挺的少男，多情的少女，他們顯然是相愛的，他們本該廝守在一起享受青春的歡愉，為什麼要輕言離別呢？

少男的身上負著劍，但無論多鋒利的劍也斬不斷多情兒女的離愁別緒，他眼睛紅紅的，彷彿也曾流過淚。

少女垂著頭，道：「你什麼時候回來呢？」

少男道：「不知道，也許一兩年，也許⋯⋯」他凝注著遠方，眼睛裡發著光，接著道：「那些兵器譜上列名的人，上官金虹、李尋歡⋯⋯我要讓他們知道我比他們更強，然後⋯⋯」

少女道：「然後怎麼樣？我們現在已經很快樂了，你將他們擊敗後，我們難道會更快樂？」

少男道：「也許不會，可是我一定要去做。因為我不能就這樣沒沒無聞的過一輩子，我一定要成名，要像上官金虹和李尋歡那麼樣有名，而且我一定能做到！」

這個景象就出現在李尋歡勝了上官金虹之後，看到這個情形，他不勝欷噓地說，如果他是這少年也是會這麼做的，「因為人活著就是要有理想、有目的，就要不顧一切的去奮鬥，至於奮鬥的結果是不是成功，是不是快樂，他們並沒有放在心上。」又說「有些人也許會認為這種人傻，但世上若沒有這種人，這世界早就不知變成什麼樣子了。」

類似的情況在金庸《神雕俠侶》的結尾也出現過，當郭靖一家與黃藥師、周伯通、楊過、小龍女離開華山時，同樣看到一群少年仿照多年前東邪西毒、南帝北丐般論劍比武，欲得天下第一的稱號而不勝感慨。千百年來，人世間不就是如此循環不已嗎？

16.
正宮塞鴻秋

薛昂夫

功名萬里忙如燕，斯文一脈微如線，

光陰寸隙流如電，風霜兩鬢白如練。

盡道便休官，林下何曾見？

至今寂寞彭澤縣。

　　功名利祿歷來不乏人追求，正所謂「人為財死，鳥為食亡」，
這種宿命往往一再出現，雖然明瞭名利令人又愛又恨，卻終究逃
脫不了它的危險誘惑，這是多麼可悲的情況。

　　文人士子為求取功名，一來為朝廷效力，二來可名利雙收，
這對當時學而優則仕的學子具有相當的吸引力。然而終日的汲汲
營營，四處奔波，好比春天燕子築巢，終日飛來飛去，勞苦不
堪。

　　但過分的追求、逢迎拍馬則顯得本末倒置，忘記求仕原本的
目的是為朝廷、生民百姓設想，而不是名與利。如此使得斯文一
敗塗地，將社會上的禮教、道德都拋諸腦後，面對這樣的現實，

除了感嘆，還是感嘆。

　　「忙如燕」與「微如線」二者形成強烈的對比，讓人不勝欷噓。時光的逝去是不著痕跡的，歷經風霜後，轉眼間青春年華不再，兩鬢已是白如練，回過頭來，以往的求取、好強鬥勝，如今能夠留下的有多少？宋蘇東坡曾於其詞作中言：「早生華髮，人間如夢，一樽還酹江月。」怎悟不透時光匆匆，好比一場夢，短暫幽渺。

　　對於名利追求的執著外，又唱高調的說道自己要辭官歸隱，不再留戀俗世的虛名，其實不過是說一套作一套罷了，在山林中何曾見過一位歸隱的高士，除了陶淵明，還有誰是真正辭官歸隱的？

　　說來真是諷刺，為了名利而表裡不一，將文人士子的自尊與人格置於何地。在求取的過程中即使獲得了名與利，但回頭想一想，每天要應付繁雜的人、事、物，彼此虛蛇委迤，這會為自己帶來真正的快樂嗎？

17. 山坡羊

薛昂夫

驚人學業，掀天勢業，是英雄成敗殘杯炙。鬢堪
嗟，雪難遮。晚來覽鏡中腸熱，問著老天無話説。
東，沉醉也；西，沉醉也。

遲暮感傷，是在悲歡離合人世間的所無法避免的過程，任你
有驚人駭世的學問，或是掀天動地的權勢地位，當生命慢慢走向
終點時，這些讓人引以為傲的學問地位終因年歲的增長而逐漸逝
去。斑白的鬢髮足以說明了歲月不饒人的事實，一想到終生追求
的學問、事業、功名都將隨著歲月流逝，望著鏡中的自己怎能不
感慨萬千？無語問著蒼天，心中有難以言喻的感傷與苦痛，只有
終日沉緬於過去以慰藉無法改變的現實。

有一位學者，終生貢獻於學術界，桃李滿天下，培育的學生
一輩在學術界上也都佔有一席之地，近年因年歲漸增而無法再從
事學術研究，日益衰退的記憶力慢慢剝蝕了他終生追求的學問與
成就，連學生去探望他，他也記不住誰是誰，直問學生找他「有

何指教？」彷彿在其人生當中未曾與這位學生有任何交集，聽了不免讓人感嘆現實世界的殘忍與無奈。

　　人生不免走此一遭，現實世界既然有其無法改變的循環定律，不妨嘗試改變自我的心境，這位德高望重的學者將其終生在學術界上的貢獻一一傳承給學生，讓學生一輩繼續完成他的職志，甚至將他的學術成就及研究精神繼續地傳予下一代，雖然時間慢慢剝蝕了他的生命歲月，卻奪不走他留予世間足以讓人效法的精神。

　　如果，在生命結束的一剎那，上帝讓你仔細回想此生種種，如果能夠換得一句「了無遺憾」，你我也就不枉走這一遭！「遺憾」無法彌補，只願我們皆能讓每一個今日都過得比昨日好。

18. 正宮叨叨令

無名氏

　　黃塵萬古長安路，折碑三尺邙山墓。

　　西風一葉烏江渡，夕陽十里邯鄲樹。

　　老了人也麼哥，老了人也麼哥。

　　英雄盡是傷心處。

　　晚唐詩人李商隱曾說「夕陽無限好，只是近黃昏」，語氣之中流露了無限的惋惜，我們有時候會跑到海邊去看看夕陽，不同於日出的美，有時候會讓人覺得很浪漫，但為什麼夕陽會給人哀傷的感覺呢？是因為很快就消失了嗎？

　　自古以來，人們風塵僕僕的在長安道上追求著功名與利祿，但是追求到功名又有何用呢？到頭來還不是免不了一死，看看漢魏以來多少公卿貴族埋葬在邙山上，身前的榮華富貴換來的只是折了碑的三尺孤墳。叱吒風雲的西楚霸王項羽風發了一陣子，最後卻落得在烏江自刎，無言面對江東父老的下場。

　　哎啊！這些風風雨雨不過就是黃粱一夢罷了，在夕陽西照下

的邯鄲林，無言的訴說著這些故事。為什麼會這麼消極呢？難道真的是老了嗎？回首英雄的一生，難道就真的沒有什麼值得誇耀的嗎？

　　也許，大人物的生活是非常炫麗誘人的。歷代的明君梟雄為了追求自己所沒有的不斷的努力，甚至不擇手段，終於得到了自己想要的，但是也失去了許多自己所擁有的東西。在歲月老去，午夜夢迴中，不知他們是否回思過自己的一生到底是喜還是悲，還是根本就沒有勇氣去想念。

　　也許平淡的日子真的是索然無味，但是，至少我們擁有最基本的親情，人家說，英雄是孤獨的。因為他們為了目標就得放棄兒女私情，但是，人生在世最動人心弦的，不就是情嗎？沒有了這個，人生還算是完全的嗎？

19. 鸚鵡曲 感事

馮子振

江湖難比山林住，種果父勝刺船父。看春花又看秋
花，不管顛風狂雨。

盡人間白浪滔天，我自醉歌眠去。到中流手腳忙
時，則靠著柴扉深處。

　　悠然自適的隱居生活總比險惡的官場仕途多了一份寧靜安
舒，少了政客之間的勾心鬥角、爭名奪利，安然自在的生活情
懷，鎮日有山林鳥獸相伴的日子，想來是用金錢買也買不到的。

　　「江湖難比山林住，種果父勝刺船父」，江湖與山林、種果父
與刺船父，二種環境，二種身分。一種生活寧靜安舒，一種則充
滿險惡奸險，何其灑脫又何其無奈？人總是在「二擇一」的衝突
中和現實拔河，然而，笑看花開花落，選擇隱士般的生活，想必
是作家戰勝現實的結果。在他筆下的山居生活，有著一種隨心所
欲的自我放逐感，「看完春花、又看秋菊，不管那世間的顛風狂

雨，偶爾酣醉高歌，儘管外面世界忙得天昏地暗，更加凸顯的不過是凡夫俗子追逐名利的醜態。我冷眼旁觀，在我的茅草房屋裡，外頭世界時時上演的鬧劇，何時再添一樁？」

我們常以旁觀者的角度看世間的一切事物，有些人選擇用「冷眼」看人生，始終持默然以對的態度，彷彿外頭的風吹草動是一自然循環定律，毋需在意，也激不起這些人心中的任何漣漪；有人選擇開啟另一扇窗，因為他們認為從不同角度看出去的世界，的確有另一番不同的新奇感。這首作品中，作家選擇在自家茅草屋笑看宦海的爭名奪利，他真的放下了嗎？在其心中似乎仍存有那麼一絲的不捨與慨嘆！

宣洩積壓的情感

如果能夠遺忘，怎會選擇
記住，飛瀑般的情感早已
流洩心間，匯集成一池的
思念。

1. 前調

王元鼎

花飛時雨殘，簾捲處春寒。夕陽樓上望長安。
灑西風淚眼，幾時睚徹悽惶限，幾時盼得南來雁，
幾番和月憑闌干，多情人未還。

「望夫石」的故事在聽的當下會覺得這是不可能的，但反覆思
量後心中對於那塊望夫石會有一種心疼的感覺，心疼女子的癡
情，不禁要想起「問世間情為何物？直教人生死相許。」不僅生
死相許，而且至死不渝。

「美麗的花瓣因為落雨而被無情地打了下來，捲起簾子想要透
透氣，不料卻讓陣陣的寒意趁隙闖入屋內。不是想看看園中的景
色，只是想藉著樓高試著望向長安、望向有他的地方，企圖找到
那一絲的蹤影。想念的淚流了又乾，乾了又流，幾乎已經分不清
什麼是流淚、不流淚的時候了，要到什麼時候才能盼到南雁歸來
的日子？倚著月色，不停地數著日子，數著，數著……」

世間癡情的角色多是女子在扮演，感覺上，古代女人的弱勢

與被動的地位是造成悲劇的源頭，好像男人就都是鐵石心腸的，其實倒也不盡然。

古龍在《多情劍客無情劍》裡塑造出的李尋歡就是一個相當癡情的角色，為了兄弟之情把青梅竹馬的表妹林詩音讓給龍嘯雲，然後浪跡天涯把悲傷留給自己。他從未對林詩音忘情過，時時想念著她，手中不停地刻著她的樣貌，完成之後就用錦布包好，埋在地下。

在情字面前，似乎沒有人可以不向它低頭、拋開一切的尊嚴。

2. 小桃紅

王惲

採菱人語隔秋煙，波靜如橫練。入手風光莫流轉。
共留連，畫船一笑春風面。
江山信美，終非吾土，何日是歸年？

　　鄉愁的抒發，是詩人喜用的題材之一，此首是以樂景反襯哀愁的一種手法。作者首先抒寫眼前美景，並要大家一起盡情觀賞流連，切莫讓眼前的風光白白地流逝，看那畫船上的美人也春風滿面的笑著，如此美景怎不好好留住？但隨即引發的是作者濃厚的思鄉情緒，「江山信美，終非吾土，何日是歸年？」似乎做了最佳的證明。

　　「終究不是自己故鄉的土地」，異地遊子之心就如同無根的浮萍，飄啊飄的，居無定所。這種「落葉歸根」的想法和觀念，似乎是亙古不變的道理，試觀今日的老榮民，當年隨著國民政府來台，然時光悠悠流轉、物換星移，如今他們已垂垂老矣，不復當年英勇模樣。花白的鬢髮似乎訴說著歲月不饒人之理，每當他們

回想起家鄉種種，年歲的老大加上記憶的退化，景象由清晰變模糊，縱然是當年馳騁沙場的老將，也不免老淚縱橫！「不知哪一日是我的歸年？」這句話想必是這些老兵們一直縈繞於胸中的問號，無人能回答，或許這就是他們最終的想望與企盼。

終於能體會「月是故鄉圓」這句話的道理，家鄉的種種，讓人油然生出一種親切感與歸屬感，像是張開雙手的大地之母，隨時歡迎流浪到各地的游子重回她的懷抱。然而，似乎也給生長於自己家鄉的我們一絲警惕之心，珍惜之心不可無，有朝一日，是否我們也應將這份心意回饋予始終默默付出的大地之母？

3. 中呂十二月過堯民歌 別情

王實甫

自別後，遙山隱隱，更那堪、遠水粼粼。

見楊柳、飛綿滾滾，對桃花、醉臉醺醺。

透內閣、香風陣陣，掩重門、暮雨紛紛。

怕黃昏、忽地又黃昏，不銷魂，怎地不銷魂。

新啼痕、壓舊啼痕，斷腸人、憶斷腸人。

今春，香肌瘦，幾分，摟帶寬三寸。

　　思念，是磨人的苦，想放下卻怎麼也拋不開，心思意念似乎
都不由自己來主意了。千百年來，陷入情網的男女，沒有人能躲
得過這一劫，所以說「為情消得人憔悴」。

　　「自從別離之後，那遠處的山頭就一直是目光凝視的焦點，好
像這麼看著，就能從裡面把思念的人影給盼出來，但是山遠水
長，希望總是落空。

　　春天的柳枝隨著微風搖曳，望著柳樹，思緒穿越時光來到臨
別之際，當時的柳樹下還是兩個人影，現在卻是景物依舊，人事

已非。

百花的香味陣陣送入閨房，淅淋淋的暮雨細細地灑了下來，擾得人心煩意亂，闔上房門想要擋住雨聲，沒料到卻更悶亂了。」

傷心的人，不論什麼事情都能引起她的難過。明媚的春景，能聯想到昔日的歡樂與今日的憂愁；時近黃昏、夜晚，能讓她內心孤獨的感覺湧現，終日自傷、自憐，直到衣帶漸寬。

古時的大家閨秀家教甚嚴，平日裡並沒有什麼樣的消遣活動，不是讀詩書，就是女紅，不然就是由丫環陪伴遊花園散心，大門不出，二門不邁，所以心中的愁悶總是難以消散。

今日的我們雖然也有思念的時候，但是通訊的發達抵銷了不少相思之苦，再加上忙碌的工作極能轉移注意力。由此可知，要治療相思，最好的良方就是多方培養自己的興趣，讓自己能夠生活充實，而不以感情為生命中的一切，自然就能順利走出難關了。

4. 中呂上小樓 佳人話舊

吳弘道

幽欄小軒，閑庭深院。

同向書幃，共坐吟窗，對理冰絃。

想在先，憶去年。

今番相見，思量的人、眼前活現。

如果有一天朝思暮想的人突然出現在眼前，當下會有怎樣的反應呢？

楊過與小龍女是互相凝望了好一陣子才慢慢開口互訴離情，除此之外，各種情緒上的任何反應都是不爲過的。

「靜謐的小齋是昔日共研詩書的場所，有時吟詩，有時彈琴。舊日的情境歷歷在目，每走到一個角落就有一個景象浮現在眼前。今日重見此人，一切虛幻的東西，在他出現之際突然間都變得真實。想想這些彷彿昨日才發生的，哪知時光的轉化已經這麼久了，讓人覺得不可思議。」

舊地重遊偶遇昔日友人，那會讓人有種恍惚的感覺，覺得那

些消逝的時光奇妙地被壓縮而不存在了，但又會感嘆光陰的無情。曾經做過一個測驗，裡面有個子題是問：如果這世上有不死之人，對於這類人有什麼感覺？

　　起初我覺得挺有趣的，因為我可以問他許多以前的事情，有人親睹歷史事件而且可以鮮活的重述一次，會比自己看書來得真實許多。隔了一陣子我又看到那個測驗，回到這一題時我的答案不同了。

　　我以為他們是一群可憐的人。就因為他們不死，所以經歷了更多人世間的生離死別，這些記憶不見得會隨著歲月而流失，反而更是塵封在他們的心底，積累下來的東西往往使他們不快樂，「死」反而是一個解脫。

　　三立台曾播過一部港劇，述說著主角就是一個不慎被殭屍所咬而不死的人。不死之身帶給他的不是快樂，而是無窮無盡的痛苦。因為有時候能夠遺忘也是一種幸福。

5. 落梅風

周文質

樓台小，風味佳，動新愁雨初風乍。
知不知對春思念他，倚欄杆海棠花下？

作家淡淡的筆墨，短短幾句的文辭表達便流露出女子思念情
人的惆悵與落寞，也讓我們的情緒無端地落入這位女子複雜思緒
的想像之中。

這時，我們來到雕琢精緻的小樓台下，一眼望去淨是美好景
致，沿著樓梯拾階而上，讓人更加驚艷的是，眼前景色豁然開
展，綿綿的春雨加上春風的舞弄，斜織出眼前一片朦朧淡雅的景
致，醉心之際，偶然瞥見一女子在海棠樹下，斜倚著欄杆，像是
若有所思，但又時而引領企盼像是在等待什麼。是否在等待遠方
情人的問候和關心？不知她的相思情意能否藉著風雨斜織而出的
雨絲，絲絲扣住遠方的他，也接收到這無盡情意？

「等待」有時是一種最折煞人心的煎熬，法國一位作家羅蘭巴
特在他的作品《戀人絮語》中，對於等待有一段非常耐人尋味的

敘述，他在敘述戀人之間等待彼此電話的情態時這麼說：

「等待眞是一件不可思議的事——我竟然鬼使神差般地不敢動彈。等電話便是意謂著編織束縛自己的羅網，此恨綿綿，箇中苦衷難以言傳……這些擾人的紛雜思緒便佔據了白白等待的分分秒秒，成了充塞焦慮心頭的雜念。因爲若使焦急等待專一的話，我得呆坐在伸手可及電話機的地方，什麼事也不幹。」

或許倚在欄杆邊的女子，有著相同焦急等待的心，思念的情愫將她束縛住，無計可施之下讓她只能呆坐空想，只嘆此情綿綿如春雨，相思欲寄無從寄！

6. 雙調沉醉東風 春情

徐再思

一自多才間闊，幾時盼得成合。

今日箇猛見他，門前過。待喚著、怕人瞧科，

我這裡高唱當時水調歌，要識得、聲音是我。

只要是女孩子，不論古今，都會有一份矜持，就是現在口語中所說的ㄍ一ㄥ。看到自己欣賞喜歡的男孩子，總會突然不好意思起來，明明想跟他說話，卻又不敢走過去，怕給人家笑話，也怕被男孩子知道，所以就會用一些方法來引起對方的注意，然後讓他主動過來。這……就是最完美的啦！

現在我們就來個古今的經驗交流吧！看看這位大姑娘是用什麼方法來讓小伙子知道自己在這裡的。

喔！原來是唱歌啊！漢代司馬相如用鳳求凰的曲子琴挑卓文君，大姑娘把這方法給學起來了，只是變化一下角色。

無聊的閒坐在樓上，透過窗外，瞧著門外來來往往的人，出神地算著和小伙子分開了多久。不知道這傢伙心裡想些什麼！姑

娘的年紀可是很要緊的呢！兩人在一起這麼久了，他什麼時候要來提親？什麼時候才可以真正的在一起？

　　前些日子追問了一陣子，他倒是避不見面了。是害怕了嗎？還是去準備兩人的婚事呢？突然，一道熟悉的人影晃入眼簾，姑娘馬上坐直了身子，直覺的就想喊他，可是又怕別人瞧見。靈機一動，唱起水調歌，希望這個呆頭鵝能夠知道是我，可不是別人呦！

　　追追躲躲，大概就是愛情中常見的遊戲吧！姑娘家的心事總是不容易說出口，是害羞也是害怕。這時候如果遇上了呆頭鵝，就真的很糟糕！就像女扮男裝的祝英台，在回鄉的途中，白般的對梁山伯暗示自己是個女孩子，要他記得來提親。怎奈書呆子總是不解風情，讓英台只好說自己有個與自己面貌一般的妹妹，想要許配給山伯為妻。如果真有個呆頭鵝俱樂部，也許梁山伯就是首創的會長了。

7. 折桂令

徐再思

平生不會相思，才會相思，便害相思。

身似浮雲，心如飛絮，氣若游絲。

空一縷、餘香在此，盼千金、遊子何之。

證候來時，正式何時，燈半昏時，月半明時。

「少年不識愁滋味，愛上層樓，愛上層樓，為賦新詞強說愁。而今識盡愁滋味，欲說還休，欲說還休，卻道天涼好個秋。」

還不知情為何物時，看著身邊的友伴時而喜上眉梢，口邊總離不了那個他；時而愁眉不展，口邊還是離不了那個他。懵懵懂懂之間，似乎覺得挺有趣的，不禁也有點動心，想要嘗試一下，可是卻少了那個他來讓我念及。

現在終於有了他，但是我也懂了相思的滋味……

那個感覺，噯！彷彿這個身子都不是我的一般，飄飄然的，什麼事情都提不起勁兒來，盲目的呼吸，腦袋瓜子裡裝的只有他。

可是他呢？卻不知人在何方，只有他身上那氣味兒若有似無的繚繞在我身邊，讓我怎麼忘得了那個讓我日夜思念的王孫公子啊！

　　你到底在哪裡啊？弄得我鎮日心神不寧，好不容易熬到夜裡，你卻又讓我睡也不是，不睡也不是。對著昏黃的燈光，朦朧的月色。唉！你到底要我怎麼樣呢？

　　相思，是感情加溫最好的辦法，「小別」勝「新婚」啊。但是，現在的人，要相思似乎還好哪！也是有，但是便利的通訊讓天涯成為咫尺，於是相思的磨人就不那麼的重了，這樣一來，是好還是壞呢？可能就得問問身處其中的人方能知曉了。

8.
越調憑闌人 春怨

徐再思

遙盼春來圖見春，及至春來還怨春。
自憐多病身，為他千里人。

　　日思夜盼的就是遠方的那個人，沒有一天不希望能早日見到
他，可是，一旦見了面，卻又不由自主的埋怨起他來。

　　「今天如果不是你，我又怎麼會這樣子呢？」好像姑娘家比較
會有這樣的情緒反應。

　　金庸《神鵰俠侶》中提到郭靖、黃蓉二人婚後住在桃花島，
後來黃蓉有了身孕，因為她本身就有些小孩子脾氣，愛玩愛鬧，
一旦懷孕就什麼事情也無法做，於是不斷找些事情跟郭靖吵嘴，
埋怨郭靖為什麼要在張家口被她遇到而造成今日的不便。

　　這樣有點「心口不一」的行為表現，其實有時候是為了掩飾
內心某個不好意思說出口的理由。有時候，卻是情緒上的複雜反
應。

　　曲詞中的姑娘與黃蓉的反應相同，都是埋怨男主角讓她們變

成今日的樣子。但是，黃蓉是脾氣上的宣洩，她罵郭靖也是口不對心，只是因行動受限而難受得耍脾氣罷了；曲詞的女主人公的反應則比較接近乍見思念之人的百感交集。

李安執導〈理性與感性〉一劇時，在最後一場艾瑪湯普遜知道休葛蘭並未另娶他人，且依然愛著她時，李安要求兩位演員不要依照一般外國人的反應──衝上、擁抱、親吻，他認為要用含蓄內斂的手法，才符合艾瑪湯普遜在裡面所飾演的角色個性。剛開始兩人並不明白，但經過李安的解釋後，他們同意了。

不透過直接的熱情表現，而用另一種不同的情緒反應，更能顯現出女子所飽受的相思之苦，為了心愛的人，她受了多少罪，一旦苦盡甘來，那一剎那是百感交集的，是喜、是怨，早已分不清了。

9. 清江引 相思

徐再思

相思有如少債的，每日相催逼。
常挑著一擔愁，准不了三分利。
這本錢見他時才算得。

徐再思這首小令與關漢卿＜沉醉東風＞的雷同之處，在於二人皆以新穎的構思描繪了相思之情深。關漢卿的作品娓娓道來，顯得含蓄而深婉；徐再思作品中的「催逼」二字，直指相思的急切深重，同樣的相思情債，各有不同味道。

作品的開始就說出相思好比欠債，日日催人逼人，根本沒有休歇的時候，也讓人無從躲避。就算肩上擔著細數不清的愁緒，因為每日連本帶利累積的相思債，再也無從清算和償還，如要算清，唯有再見到心中苦苦相思的那個人。

愛情是很微妙的東西，要開啟這道情關可不容易，「他」和「她」能夠心靈相通，一定有別人無法解出的通關密語，無解的原因只有「他」和「她」知道，耐人尋味的是，如果按奈不住好奇

心的你去問「他」或「她」，你可能會得到一個「我也不曉得」的答案，愛情世界的微妙便在此。

　　或許，可試著如此解釋：每個人的心中在面對愛情關卡時，都存有一支鑰匙和一道鎖，鎖在「等待」對的人開啓，鑰匙在「尋找」擁有對的那道鎖的主人，而當要等待和尋找的那個人出現了，一切的不解與疑惑、相思情愁也都迎刃而解。刹那之間，管它是一本萬利都能償還得一乾二淨，然切記：「要在對的時間，遇見對的人」，否則只有徒留遺憾！人世間的愛、恨、嗔、癡總在轉瞬之間變換，讓人不得不驚異其中的巧妙與神奇。

10. 水仙子 夜雨

徐再思

一聲梧葉一聲秋，一點芭蕉一點愁，

三更歸夢三更後。

落燈花棋未收，歎新豐孤館人留。

枕上十年事，江南二老憂，都到心頭。

　　人說秋天是想念的季節，秋天總是挑起人們感覺最敏銳的末梢神經，對於周遭事物的變化，觀察力也不同於以往，大自然神奇的力量在此，人們感覺細胞的作祟更是值得玩味。「想念」是一種既存在卻又虛幻飄渺的奇妙感覺，虛幻的是怎麼也讓人摸不著邊際，想念的人在心中，但只有隱約模糊的影像；愁思、愁緒就像是秋天的專屬品，因為它著實就是一顆屬於秋天的心，再加上秋天原本就具有的蕭索氣氛，兩相烘托之下，激起異地遊子的濃濃鄉愁與離愁，點點滴滴投向心湖，一圈圈的漣漪就這樣持續擴散開來。

　　徐再思首句的「一聲梧葉一聲秋」，報告著秋天的來到，瑟

瑟西風也無情地吹起滿地落葉。這樣的情景讓人不免想到溫庭筠的〈更漏子〉：「梧桐樹，三更雨，不道離情正苦，一葉葉，一聲聲，空階滴到明。」就這樣一聲聲、一點點，把夜宿旅社的遊子惱得再也無法成眠，此時綿綿細雨打著芭蕉，滴滴扣人心弦，一股濃厚的離愁思鄉之情再也無法壓抑，心頭淨是說不出的苦楚。

深夜秋雨的蕭瑟寒涼，陣陣往遊子的心頭上撲，桌上燈花落盡，棋盤上殘留的幾顆棋子也無心收拾，可嘆的是那新豐孤館把遊子的心滯留，四周還不時渲染著令人窒息的淒寂氣氛，往事如夢，一幕幕在眼前上演，想到家鄉的雙親，點點滴滴直湧心頭，不知何時能歇！

11.
落梅風 答盧疏齋

珠簾秀

山無數，煙萬縷。

憔悴煞玉堂人物，倚篷窗一身兒活受苦。

恨不得隨大江東去！

「猶記得當時在江邊與你送別的種種，即將離去的你，臉上淨是憔悴憂愁，面對即將離去的你，我不知如何安慰自己，唯有無言相對！你我的感情恐怕就將隨著遠行的你漸行漸遠、淡化逝去了！如今，重重的青山、層層迷濛的煙霧繚繞，讓我更加不見你的憂愁面容。自從別後，我常常獨自一人倚著篷窗，深受思念之苦的戕害，提不起任何的精神，真恨不得隨著滔滔的江水東去，好好的同你說說自離別之後的痛苦⋯⋯」雖已成為千古傳唱的作品，然似乎仍能隱約聽見女主人翁心中幽微的吶喊，只嘆世間真愛難尋！

《青樓集》一書這麼記載珠簾秀：「雜劇為當今獨步，駕頭、花旦、軟末泥等，悉造其妙。」可知她在當時是一著名的雜劇女藝人，多有極富才情之作，與關漢卿、胡祗遹、盧摯等作家均有

唱和，這首作品隱約表達出身為女藝人的沉痛與無奈，因為身分的低微卑賤，與官人盧摯的感情最後因為現實種種的不允許與不可能，只有選擇放棄一途！

從曲中我們聽到女主人翁心中的獨白，一段心上人無法聽到的獨白，「山無數，煙萬縷」，似乎象徵著現實生活中無法衝破的藩籬始終隔絕了兩個人、兩顆心的交會。因為身分的因素使然，因為「門當戶對」的傳統觀念，讓兩個原本可傳為佳話的才子佳人緣盡情淺，這樣的觀念就像是亙古不變的真理，讓人將它視為信仰並虔誠地遵奉著，然而真是真理嗎？不過是裹著糖衣的假象罷了！試看現今多少「門當戶對」的婚姻像是肥皂劇般，荒唐可笑的劇目天天上演，兩人最擅長的莫過於是爾虞我詐的愛情遊戲，經不起任何外在誘惑的風吹草動。人前淨是恩愛模樣，其實早已是貌合神離、同床異夢。這樣的結合，不過是對「真愛定理」的一大諷刺，可知「門當戶對」並不等於真愛的保證，是要選擇「真理」抑或選擇自己心中的直覺，聰明如你（妳）應已了然於心。

12. 天淨沙 秋思

馬致遠

枯藤老樹昏鴉，小橋流水人家，古道西風瘦馬。
夕陽西下，斷腸人在天涯。

　　馬致遠的這首小令是元曲中的名篇，堪稱表現「秋思」的典型之作。一般人想到秋天，一種「秋風秋雨愁煞人」的蕭瑟感，或是萬般「愁緒」便頓時湧上心頭，然而情緒由何而來？恐怕是理也理不出一個所以然來。而這首被譽為「秋思之祖」的代表作，運用了九種景觀，配合了浪跡天涯的漂泊遊子，勾勒出一種蕭條、悲涼、孤獨、寂寞的情境畫面，讓人不得不佩服作家匠心獨具的巧思與其雕琢文字的藝術魅力。

　　有時文字藝術魅力感人之深便在於此，作家運用有限的字句，塑造出極其豐富之意象，由景物描寫，轉而抒發遊子羈旅天涯的愁懷，讓人也莫名的掉入這種難以言傳的情思之中，大自然感人的力量在此，又有幾人能於感受之餘利用文字的力量感動人心呢？原因無它，唯有用「心」，有時不妨試著「以管窺天」，

眼界雖小，但以微觀角度看世界，分秒變化的生活環境，將予個人不同的生命體會！我們不妨試著去感受馬致遠作品中所散發出的生命力。

在暮秋時節的黃昏，大地出奇地靜，然似乎仍可嗅到生命的氣息。於是，嘗試著去尋找，在一棵纏滿枯藤的老樹上棲息著幾隻烏鴉，小橋下的溪水潺潺，小溪邊住著幾戶人家，一種渾然天成的景致流露出一種寧靜的氛圍，完全不受外界打擾，而此時遠方荒涼的古道上，西風蕭瑟，一位旅途遊子正騎著瘦馬緩緩前行。夕陽已經西下，再也看不到遊子的孤獨背影，又有多少人能體會得出遊子漂泊天涯的苦悶心聲呢？

在遊子的行走之間，不禁想起曾經聽過的這麼一段話，似乎可作為每一個異地遊子的心情註腳：「想要建構一個毋需奔波、也能自在賞玩的美麗家園，更是隨行當中念念不忘的情懷，就像離家前仔細收藏在口袋中、隨身攜帶的鑰匙，走得再遠，還是在找尋它那唯一的鎖孔。」

原來，不管眼前的景致多麼美好，在他們心中始終有一個真真正正屬於自己的理想國度，毋庸置疑，「家」便是他們最終的選擇與依歸。

13. 落梅風

馬致遠

實心兒待，休做謊話兒猜。
不信道為伊曾害。害時節有誰曾見來？
瞞不過主腰胸帶。

　　相思有如寄生在體內的原蟲，雖對人體不會造成多大傷害，卻日夜汲取人體內的養分，讓人無法察覺。當猛然驚覺之時，已是為伊消瘦、衣帶漸寬，相思原蟲的摧毀力量如此無形卻又駭人，但許多人卻是甘之如飴，一種「衣帶漸寬終不悔」的無怨無悔，想必只有深陷當中的戀人們才能體會箇中滋味吧！

　　「相思」原蟲的作祟，可恨之處就在相思的對象天天可見，但相思卻如星火燎原，永無止境，日日侵蝕著脆弱無助的心靈。少年維特的煩惱，就在他對於戀人的無法忘卻，心力交瘁之際，思念又無時不來輕扣心門，只有尋求死亡一途才能免於在相思與忘卻之間的掙扎與拔河，因為思念或是忘卻，對於原本脆弱的心靈都是一種煎熬！

一種是兩情相悅卻分隔兩地的相思，一條無形的情絲將兩人的相思扣上，雖不能相見，但依靠著兩人共處時的甜蜜回憶，似能填補戀人不在身旁的空虛；最苦的就是想見、想念的人就在眼前的單相思，這樣的距離，恐怕比起相隔兩地的距離更形遙遠，難怪有人如此自我調侃：「你我最遠的距離，不是你我各處地球的彼端，而是我在你面前，你卻看不見我的存在。」多麼一針見血的形容！當相思落入「我愛他他卻不愛我」的陷阱中，就如馬致遠的一句「害時節有誰曾見來？瞞不過主腰胸帶。」道出主人翁的心聲：這樣的相思病害，有誰曾見過？就算瞞過任何人也瞞不過自己腰帶已漸寬鬆的事實，無法忘卻的結果，只能任由相思原蟲持續作祟！

14. 落梅風

馬致遠

> 人初靜，月正明。紗窗外、玉梅斜映。
> 梅花笑人偏弄影，月沉時、一般孤零。

　　夜深人靜，窗外一片靜寂，只聽到寒風吹得樹葉沙沙作響的聲音。房間內瀰漫著讓人窒息的空氣，夾雜著機械般輕敲鍵盤的節奏聲，偶爾在沉思的靜默之中，鬧鐘齒輪轉動的頻率聲響又冷不妨地直襲而來，「滴答！滴答！」地直往心頭敲，螢幕上的字字句句，都是想對你說的話，卻是一一存入草稿中，懊惱自己的故作堅持、沒來由的拒你於千里之外，上天果然給了我最大的懲罰，離我千里遠外的你，生活過得是否順遂？

　　從得知你出國留學到現在，我每日打著一封封不知該寄往何處的E-mail，期待著能有再次重逢的一天，我一定一封封唸給你聽，也聽聽你留學生活的點點滴滴，我想我一定不會再錯過這唯一的機會，如果你願意給我的話。每天每天我都這樣告訴自己，也在夜深人靜之時，透過電子郵件和你對話，雖然沒有你的回

答，但我始終相信會有那麼一天的到來，我想你是懂我的。

　　不知過了幾年寒暑，終於得到你的消息，你透過朋友得知我的聯絡方式，我知道你沒忘記我。電話的那端，你的聲音遙遠而不甚清晰，我將身邊的收音機關掉，準備好好聽聽你的聲音，一句「我要結婚了」卻硬生生直衝腦門，我無法思考，更不知如何回應，就在我們互祝彼此幸福的祝福聲中，你的聲音消失在電話的那端……

　　一樣的夜深人靜，依然坐在電腦桌前，沒有先前的期待與企盼，窗外花兒弄影，似乎在笑我的癡傻，機械式的點選過去一封封寫給你的信，像是參加追悼儀式般，字字句句映入微濕的眼簾，一次次按下「Delete」鍵，我將它們投入心中最深最深的回收桶，只留下「祝你幸福」一句話。

　　今晚的夜似乎很漫長，月躲在雲後顯得隱約晦澀，仍然是一個人孤單的夜。

15. 越調黃薔薇過慶元貞

高克禮

又不曾看生見長，便這般割肚牽腸。

喚嬋嬋酪子裡賜賞，撮醋醋孩兒弄璋。

斷送得他蕭蕭鞍馬出咸陽，

只因他重重恩愛在昭陽，

引惹得紛紛戈戟鬧漁陽。

唉！三郎睡海棠，都則為一曲舞霓裳。

　　一個國家的根基如果將要動搖，一定有跡象可循。以天可汗為稱號的大唐帝國在安史之亂後，就一蹶不振地陷入藩鎮割據的時代，其實與玄宗和楊貴妃有極大的關係。

　　〈霓裳羽衣曲〉講的就是唐玄宗與楊貴妃的事情。自從玄宗把楊玉環由壽王妃變成他的貴妃之後，兩人過著只羨鴛鴦不羨仙的生活。後來安祿山入朝，由楊貴妃收為義子，兩人對安祿山十分地相信，也就因此失去了戒心，最後引發安史之亂。

　　高克禮對這個歷史事件的看法是，如果當初唐玄宗沒有因為

寵愛楊貴妃而日日笙歌，不理朝政，或許今日他就不需要受到這兵馬倥傯之苦了。

愛一個人何罪之有呢？發乎情的作為，只不過是順從心意，所以愛一個人何罪之有呢？然而，最可怕的是藉著愛情之名，為自己的錯做掩護，為自己的罪找藉口。

當玄宗見到驚為天人的兒媳楊玉環，而不擇手段佔為己有時，他不顧人倫，失了應有的風範，所以錯了；以寵愛為名，大封外戚，信任小人，不務政事，導致國家動亂，所以他錯了；馬嵬賜死，生死兩隔，誰又錯了？兩人同罪啊！

兩人的愛，失了立場，失了為人該有的分寸，傷害了他人，所以「愛人有罪」啊！

16. 中呂朝天子 春思

張可久

見他，問咱，怎忘了當初話。
東風殘夢小窗紗，月冷秋千架。
自把琵琶，燈前彈罷，春深不到家。
五花駿馬，何處垂楊下。

　　春天給予人的印象就是萬物復甦，生機盎然。這個時候當然是與心上人一起郊遊踏青的最好時候啦！但是，這個不解風情的小子卻不在姑娘跟前，引得姑娘大發嬌嗔，質問起這個負心的人兒怎麼忘了當初的約定，到現在還不來，害得自己任他春光如何明媚，都提不起一絲勁兒。

　　獨自坐在閨房的紗窗前，看著春夜的月光冷冷的照在空蕩蕩的秋千架上出神。彈著琵琶，不成音又不成調的，只擾得心煩不已，片刻也靜不下來。春天都快要過完了，怎麼還不回來啦！那傢伙的五花駿馬，又不知道歇在哪邊的垂楊下乘涼了。

　　其實這一種心情不只是出現在春天！以現代來說，這種煞風

景的事情，如果出現在情人節或是耶誕節的話，想必是令許多情侶難以忍受的吧！依照心理學的說法，是說被「制約」了；依照傳統的說法，則是我們的所為順應於天時。

有人說戀愛在剛開始的時候是蜜月期，兩人形影不離的，而新婚則又是另一個蜜月期。初初組成一個小家庭的兩人開始構思未來，以愛情的力量來戰勝一切，只要協力就不畏任何艱難，但如果面臨離別就讓人不痛快了。曲中的小伙子說好說歹才讓娘子首肯，以一段時間為限讓他出外闖闖，因為過期不歸而使得新嫁娘日思夜想發起了怨懟。

文人筆下不乏男女相思之作，刻骨銘心的戀情不見得會有好結果，所以其中往往縈繞著淡淡的哀愁，而思婦征人之作就更不用說了。這篇雖然屬於相思，其中卻有著一份喜，隨著姑娘的相思，只有嬌嗔與盼望的心急，是一份有好結果的感情，所以在感受上就不同了。

男女的感情能有圓滿收場是最美的，雖說好事可能不長久，但只要雙方用心經營，即便有小缺點，也遮蓋不了其中的快樂。

17. 前調 離思

張可久

月籠沙，十年心事付琵琶。

相思懶看幃屏畫，人在天涯。

春殘荳蔻花，情寄鴛鴦帕，香冷荼蘼架。

舊遊臺榭，曉夢窗紗。

以前的人只要心情不好就會藉由音樂來把悶氣給抒發出來，
這是個很文雅的休閒方式。

「今夜的月色彷彿被裹在黑紗裡一般透出濛濛的光影，就好像
是我悶悶的心緒發散不出一樣。無意識地又撥弄起手邊的琵琶，
一聲、兩聲，怎麼都脫離不了這旋律呢？

懶洋洋的提不起勁兒來，也不去多費精神了，既然又是這曲
調，那就彈下去吧！反正也已經麻木了。

這情況是從什麼時候開始的呢？嗯，好像是從他離開的那時
候吧！我就如離魂的倩女一樣，隨著他去了。這身軀，就只是維
持著呼吸的生命機能而已。冷眼看著年華老去，冷眼看著昔日的

蹤跡蒙上塵土、冷眼……」

十年的相思是很漫長的，看到這些相思債就讓我頓時覺得壓力好沉重，暗暗的祈禱別讓自己給遇上了。

曾經有位老師在上課的時候說過，她這輩子決定獨身。有些人可能覺得她是個很冷酷嚴肅難以親近的人，但是這些只是一層保護色，一個多情的人總是容易受無情所苦，她覺得自己無法承受，所以乾脆躲開情關。因為情不只是男女，還有親情，一旦成家後即得面對更多的情，終有一日也會有分離的時候，而這些分離是難忍的。

聽到她這番話，我就想到了我自己，在周遭也有許多讓我放不下的情，有朝一日被迫放下，反應會如何哩？我不敢想像。但是老師的這方法好嗎？我也不知道，我還在尋找一個能讓自己灑脫地面對生離死別的方法。

18. 折桂令 別懷

張可久

人生最苦離別。柳繫柔腸，山斂愁眉。

金縷歌殘，青山淚濕，錦字來遲。

留客醉、魚肥酒美，送春行、鶯老花飛。

此恨誰知，今夜相思，何日歸期。

「生離」、「死別」是人生最難忍受的。想想從小到大，我們經歷過多少離別，又有多少摯愛的親友能夠陪伴我們一輩子。即使身邊不乏友人，但人生的悲喜、成敗還是要我們獨自去面對，當此之時，一陣孤單感不禁油然而生。

離別讓人柔腸百轉，曾私心地想留住他，喚回離去的腳步，但這是絕不可能的，知道日後有機會相見，但就是無法想像見不到他的日子會怎麼樣。強行忍住澎湃的思潮，而深鎖的眉宇卻早已洩露內心的一切。

唐代杜秋娘的〈金縷衣〉提到：「勸君莫惜金縷衣，勸君惜取少年時」，這樣勸人要把握時光，莫汲汲於功名前途的詩句，

在現實的前提下是起不了任何作用的，只會讓人不勝感嘆。

由離別至今，這份思念不但沒有消退，反而更濃烈了，怎麼到今日都沒個隻字片語捎來呢？相聚的歡樂與離別的痛苦，箇中滋味，只有身陷其中的人方能領略。

就在這難以入眠的深夜，又想起他了，到底他什麼時候才會再回來呢？

對於這種讓人不捨的離別，在我來說則是對家人的感覺會比較濃烈。周遭的朋友都知道我是個相當戀家的人，不僅時常打電話回家，平時也幾乎是每個禮拜就回家。曾經有朋友跟我說，朋友才是陪在我身邊一輩子的人，我應該好好經營與朋友的一切。但是，在我的心中，家人是最重要的。

「本固邦寧」這句話本來是用在政治方面，但是，我覺得也可以用來形容我的心境。家是人的根本，外界的事物如何的驚濤駭浪，家還是家，如果這個地方顧好了，才能讓我安心的去努力，當我受到外界的挫折時，家永遠是支持我的力量。既然如此，我怎能不好好維護這一切呢？所謂「安內攘外」，這句話也可以讓我借來用一下吧！

19.

雙調折桂令 寄遠

喬吉

怎生來寬掩了裙兒。為玉削肌膚，香褪腰肢。

飯不沾匙，睡如翻餅，氣若遊絲。

得受用、遮莫害死，果實誠、有甚推辭。

乾鬧了若時，草本兒歡娛，徹貨兒相思。

承諾，對於女人來說是十分重要的。

女人是感情的動物，一旦付出就是全心全意，「嫁雞隨雞，嫁狗隨狗」，也就不會在意對象的身分地位。再加上昔日女人三步不出閨房，無法得知男人在外面的各種事蹟，就是因為不知，使得帶給女人安全感的承諾更顯重要，否則相思病會立刻纏身。

「唉！怎麼我的裙兒越來越寬了呢？就為了你，使我茶不思飯不想，甚至連裝扮都懶了。你曾見過市集上賣餅的小販嗎？還記得他是怎麼煎著那烙餅的嗎？為了餅熱、為了怕焦，他是反覆的翻動那餅子。如今，我就如那熱鍋上的烙餅一般，日夜思念，睡不安蓆，寢不安眠。

不要覺得好笑。等你也嚐到這份相思，你就知道這是會害死人的。冤家呵！你如果真心待我，就不應該覺得我老是跟你要個承諾是件煩人的事。你可知道，就因這態度，讓我跟你的這些個日子的快樂有如小草春生秋枯般的短暫，卻有如一整倉庫貨物般的思念。」

貞節牌坊，是個把女子對丈夫的忠誠形之於外的象徵。說好聽是表揚，說得難聽卻是限制以及殘害女人一生幸福的禍首。其實，不需要外在的貞節牌坊，女人自己的心底早就存在一個。

因為，女人是感性的，所以當她愛上一個人時，心中所想所掛記的早已不是自己，而是對方。紅拂女的夜奔李靖和崔鶯鶯與張君瑞的西廂之會，都是為了愛情的表現，也就不難說明當愛情令女人不開心時，女人所承受的殺傷力有多大了。

20.
水仙子 怨風情

喬吉

眼前花怎得接連枝，眉上鎖新教配鑰匙，描筆兒勾
銷了傷春事。悶葫蘆鉸斷線兒，錦鴛鴦別對了個雄
雌。野蜂兒難尋覓，蝎虎兒乾害死，蛹兒畢罷了相
思。

　　這首作品寫的是女子因爲失戀而傷怨的怨忿心情。由近而
遠，由實際的比喻到抽象的象徵，寫來十分生動有趣。從女子眼
前的連理枝引起她的愁緒，因此她緊皺的雙眉如鎖般難打開，接
著她藉由勾描字畫以排遣百無聊賴的傷心生活，心裡卻像悶葫蘆
似的，不知爲何鴛鴦別對、自己被棄，更心痛對方像野蜂一般四
處採花，難見蹤跡，可憐自己爲他守身如玉，最後痛下決心，不
再相思。

　　中國古代女性受到強大的桎梏，在父權至上的社會體制下，
女子沒有自主權，所以才會有點守宮砂的習俗。古人認爲把用丹
砂餵養的蝎虎搗碎，沾在未婚女子的身上，如不和男人交接，就

終身不滅去，所以用「虎蝎兒乾害死」表示守貞節。此曲最後一句尤為佳妙，運用了更深一層的比喻，以絲代思，說蠶化為蛹不再吐絲，表明自己不再相思之堅強意志。

如此比喻豐富的小令，用生動活潑的口語表達了女子心中最深沉的怨忿。是的，談愛情的時候，能兩情相悅是最幸福不過的了，一旦有一方變心，常會引發衝突。過去中國的女性無自主權，又長處深閨，不隨便拋頭露面，當男兒志在四方，出門遠遊時，女子只好獨守空閨，期盼著情郎的歸來，因此才會產生這麼多的閨怨作品。

作者將這些怨棄婦女的心境，用細膩淺白的文字以及豐富的譬喻想像表現得十分突出，而今日兩性間的相處已非過去的模式，隨著女性意識的抬頭，女子不再像以前一樣等著男生追求，甚至可以主動開口爭取自己的幸福，更發展出所謂的「速食愛情」。這番轉變，使得閨怨之類的作品減少，似乎連帶感人的愛情故事也漸趨沒落了，但我們仍能從古人的作品中，細細品味當時。

21. 雙調蟾宮曲

湯式

冷清清、人在西廂，叫一聲張郎，罵一聲張郎。
亂紛紛、花落東牆，問一會紅娘，絮一會紅娘。
枕兒餘，衾兒剩，溫一半繡床，閒一半繡床。
月兒斜，風兒細，開一扇紗窗，掩一扇紗窗。
蕩悠悠、夢繞高唐，縈一寸柔腸，斷一寸柔腸。

　　情人在一起的時間似乎永遠都不夠，一旦分開就會令人難以
忍耐，似乎身陷「情關」的人日子都不好過。

　　「自從他離開後整個房間裡冷冷清清的，靜得快要把人給逼瘋
了，想念他陪在身邊的日子，卻又不禁想罵他丟下我在這裡，人
卻不知道在哪兒。問那個像個小紅娘一樣幫我們張羅的小婢女，
唉！問來問去、說來說去還不就是同樣的幾句話在那邊繞來繞
去。他不在的日子，除了房間變得冷清外，好像連床、被子都變
得特別的大，怎麼睡也睡不暖。是我想太多了嗎？」

　　擁有了一件喜歡的事，不論是人也好、東西也好，似乎我們

的心思就不再完全的屬於自己。記得以前讀過劉墉的某一本書裡面寫過一段話，大概是說，人結了婚成了家後，他的生命裡就多了一份牽絆，而這些人也就成了他的弱點。一個刀裡來火裡去的英雄漢，面對生死時眉頭都不皺一下，可是當這英雄遇上了美人後，這個美人就成了他的弱點，如果又有了小孩子，那麼他的尾巴就越拖越長，敵人要逮到他，只要控制住他的妻子，再怎麼豪氣干雲的人都會「英雄氣短」。

現下台灣電視節目一片韓流，其中「藍色生死戀」因敘述一段淒美的愛情故事而深受大家喜愛。曾經有同學問我劇中最欣賞的人是誰？我說是成全男女主角的韓泰錫，他深愛著恩熙，得到恩熙他快樂但恩熙不快樂，所以他選擇退出，這真的是很偉大的情操。而以劉墉的說法來套用，那麼恩熙就是他的弱點，為了恩熙可以改變許多的事情，可見「情關」真的不好過啊！

22.
雙調風入松

趙禹圭

記前日席上泛流霞，正遇著、宿世冤家。
自從見了心牽掛，心兒裡、撇他不下，
夢兒裡、常常見他，說不的、半星兒話。

　　記得泰戈爾有一首詩是講世界上最遠的距離，「世界上最遠
的距離，是我就在你身邊，而你卻不知道我愛你」。

　　喜歡卻說不出口，是很難受的。曲裡的人兒，遇到的就是這
個問題。

　　「前些日子在宴席上遇到了你這個前世的冤家，自此之後，我
似乎已經不再是以前的我了，整顆心思思念念的就是你，就連夢
裡都會見到你。但是，雖然我總是可以見到你，卻仍舊無法跟你
說上半句話，無法對你訴說我心中的思慕之情。」

　　這曲中的情景閃入我腦海的，就是金庸《書劍恩仇錄》中陳
家洛與身著翠羽黃衫的霍青桐那段擦身而過的緣分。

　　陳家洛與霍青桐初次見面就有了好感，但是偏偏出現一個女

扮男裝的李沅芷造成了陳家洛的誤會，後來霍青桐知道這件事卻又沒有跟陳家洛說破，反而讓他自己去問。兩個悶葫蘆這麼一來一往的，等到誤會冰釋之後，陳家洛的身邊已經有了霍青桐的妹妹香香公主了。反觀香香公主就是因為她的單純率直，明白地表明自己的心意，才有機會與陳家洛展開一段戀情。

在茫茫人海中愛上一個人，是一件很值得開心的事情，表示我們有能力為對方付出一些情意，去關心一些事情，這是一個學習，只不過這份愛要能夠做到不帶給對方壓力，才是最高明的境界。

「人間四月天」的劇情當中，徐志摩的愛是熱烈的，他強烈的追求林徽音，相較之下，靜靜守候在一旁的梁思成在存在感上雖然比較弱勢，卻給予人一種舒服的感覺。如果是我，我會選擇梁思成。

23. 折桂令 憶別

劉庭信

想人生最苦離別。三個字細細分開，淒淒涼涼無了
無歇。別字兒半響痴呆，離字兒一時拆散，苦字兒
兩個裡堆疊。
他那裡鞍兒馬兒身子兒劣怯，我這裡眉兒眼兒臉腦
兒乜斜。側著頭叫一聲行者，攔著淚說一句聽著：
得官時先報期程，丟丟抹抹遠遠的迎接。

　　人生的歷程當中，免不了離別的場面，離別的滋味讓人不好
受，作家認爲離別的滋味苦，苦得淒涼無了歇，他把「別離苦」
三個字從字形結構的角度去分析，點出男女離別的情態。如「別」
字的左半邊「另」字，看起來似呆非呆，將男女面臨離別場面時
的一片癡傻、不知如何是好的模樣敘述出來；而「離」、「苦」
二字本來就是由一分爲二的形構字體組成，如果突然將其分開，
回應在情人間分離的情態上，一種似離非離、似苦非苦的複雜思

緒便湧上心頭。

　　接著，作家轉而描繪情人分離時的言語動作和神態，一個牽著馬兒，步履跟蹌；一個愁眉苦臉，目光始終滯留在離去情人的背影，還不時在其身後提醒著：「得官以後，一定要記得報上歸期，我好遠遠地去把你迎接。」這樣的離別場景。

　　在我們現在看來，似乎有些不可思議也無法體會，畢竟在通訊發達的今日，已經把人與人之間的距離縮短了，活在e世代中的熱戀男女，就算是分隔兩地，仍能靠著無遠弗屆的通訊系統維繫雙方遠距離的感情，聊以慰藉不能相見的痛苦，相思之情濃烈深厚，只怕是現在時人所無法理解的境界吧！

　　此外，自古以來，發出相思之苦的通常是女性的角色，或許這可從比較有趣的角度去觀察這種現象，從前的原始社會，多是「男主外、女主內」，男的外出狩獵，女的在家織布，彼此所接觸的世界不同，所以女性的感情便顯專注而執著，反觀在外四處奔波的男性，因為視野較廣，感情容易受外在事物的誘惑而顯得多變。於是不難想像，一直以來表達相思情懷主題的作品便以女性角度詮釋居多，似乎如此也較具說服力。

24. 水仙子 相思

劉庭信

恨重疊，重疊恨，恨綿綿，恨滿晚妝樓。
愁積聚，積聚愁，愁切切，愁斟碧玉甌。
懶梳妝，梳妝懶，懶設設，懶爇黃金獸。
淚珠彈，彈珠淚，淚汪汪，汪汪不住流。
病身軀，身軀病，病懨懨，病在我心頭。
花見我，我見花，花應憔瘦。
月對咱，咱對月，月更害羞。
與天說，說與天，天也還愁。

　　戀愛讓人甜蜜，失戀讓人心碎。可是失戀之後，卻忍不住思
念對方的心情又是如何呢？且看詩人劉庭信如何詮釋失戀女子的
微妙心情。

　　愛情破滅後的最初，心中只有怨恨。女子恨情人的無情離
去，那種恨意是如此的強烈，甚至「恨滿晚妝樓」。但是，恨過
後便是因思念而引起的愁緒了。情人不再愛自己，連梳妝打扮的

心情都沒有了。一想到那負心的情人，眼淚就不停地流下，心中難過不已，相思成病，這心頭病只有自己清楚啊！失戀的憂鬱和苦悶，讓她忍不住遷怒於周遭的一切。看見花燦爛盛開，心裡不住地憤怒想著花不該開得如此美麗，它應當要像為情折磨的自己一般憔悴。對著月亮，月亮見到她，應該為自己的圓滿感到羞愧！將自己的愁悶說與天聽，天聽了，應該為她的遭遇哀愁。一個為情受困的失意女子形象，便如此躍然於紙上。

在愛情的追逐中，有人成雙成對，也有人被拋棄。如果能夠看開釋懷，調整自己的心情重新出發，也許新的戀情會在下個路口等妳。但是無法釋懷，就像一首流行歌曲所唱的：「想放棄，卻不願甘心放手」，最後受傷的還是自己。就像小令中的女主角，失戀後，經過了「恨」、「愁」、「懶」、「淚」、「病」等等的情緒，仍是看不破情關。有人說：情關、情障，走得過的，便是雲淡風輕，也無風雨也無晴；走不過的，只有「多情卻被無情惱」，獨自傷心的份了。

25.

雙調清江引

劉婆惜

青青子兒枝上結，引惹人攀折。
其中全子仁，就裡滋味別，
只為你酸留意兒難棄舍。

　　清代大家金聖嘆因得罪當朝被判死刑，行刑前見兒子哭得傷
心，內心十分不捨，於是強撐起笑容對兒子說：「來，我出個對
子讓你對對看，上聯是：蓮子心中苦」，等了半天，見兒子只是
哀哀啼哭，他嘆了一口氣說：「唉！這麼簡單也對不出來嗎？我
幫你續上吧，下聯是：梨兒腹內酸」。

　　「蓮」與「憐」，「梨」與「離」是同音，中國文字的奧妙與
中國人情中的幽默，就在箇中顯現。而這種若隱若現的涵義，用
來描寫女子的心情是最好不過了。

　　在送別的道上走著，那股沉沉的壓迫感悶得人透不過氣來。
看了看身邊繃著臉的人，突然想到一個打破僵局的點子。枝椏上
結著青色的果實，小巧可愛，於是把它摘下來放在掌心裡給身邊

的人兒看一看。哪知姑娘卻看著果實意有所指的說，這果實兒就是爲了要成全你的仁，所以其中的滋味有所不同，就因爲你，所以那股酸意兒是怎麼也抹不掉的。

「男兒志在四方」，爲了不讓溫柔鄉成爲英雄塚，即使心中有再多的不捨，還是不能阻止男人離鄉背井開創前途，只能把哀怨埋在心底。在不能明白表達心意的時候，同音字、雙關語就成了最好的工具，明的是說果實的酸，指的是爲了成全你，所以委屈我自己，都是因爲你啊！

26.
仙呂一半兒 題情

關漢卿

碧紗窗外靜無人，跪在床前忙要親。
罵了箇負心回轉身。雖是我話兒嗔，
一半兒推辭一半兒肯。

難怪人家會說「女人心，海底針」，因為，女人口中所說的話以及行為跟心中所想的，差不多都是顛倒的。

「糟糕！玩過頭了，我家那口子不開心了！瞧那嘴巴嘟個半天高，掛上十幾斤的豬肉準沒問題。如果沒有好好的讓她把這口氣給順了，那我的情路可就難走囉！什麼男兒膝下有黃金，先丟到一邊再說！趁著夜裡無人，趕快跪在床前撒賴一下。」

「又來這招，能不能換個別的！這沒良心的，都不知道每次他出了遠門我可都是寢食難安耶！就怕他路上有了什麼閃失，缺了胳膊斷隻腿的。這次竟然去了這麼久，還連個訊息兒都不捎回來！這種情形絕對不能姑息。但是……看了他這模樣兒！不由得我的心又軟了。冤家呵！不是我愛使小性子，而是真的太愛你

了。」

「怕太太」、「疼老婆」，中間有沒有差別哩！問過幾個朋友，他們都義正詞嚴的說是疼惜老婆。其實，要讓女人開心是很簡單的。只要這個男人是真的把她擱在心坎兒裡，真心真意的待她，也就足夠了。

在傳統社會的教導下，女人是沒有自主權的，所以凡事都得依靠男人，所謂「在家從父，出嫁從夫，夫死從子」。隨著社會結構變化，情形已經變了，只要女人本身也有經濟能力，其實是不需要依賴他人的。

兩人相處之道，其實還是得以互愛、互敬、互信、互諒……為基本原則才有辦法長久的走下去。在這離婚率高漲的時代裡，偶爾見到那些頭髮花白的老公婆走在路上，互相扶持，那種感覺真是讓我們年輕一輩既羨慕又汗顏啊！

27.
四塊玉 閑適

關漢卿

舊酒沒，新醅潑。

老瓦盆邊笑呵呵，共山僧野叟閑吟和。

他出一對雞，我出一個鵝，閑快活。

生活在現代都市的我，真的很難體會鄉下農村的生活。記得曾經聽說有人以為西瓜是長在樹上的，聽得我哈哈大笑，但仔細想想，有許多植物是長在什麼地方，說真的我自己也不知道，原來我也是個只吃過豬肉卻沒看過豬走路的人。

城市的生活對我們來說是非常方便的，有時經過高速公路看到周圍的農村屋舍，就會想到如果我住在那裡，做許多事情不就很不方便，如此的生活還會快樂嗎？

早先釀的酒已經喝完了，而新釀的酒正好到了可以喝的時候，就把它拿出來跟山僧野叟一邊閑聊一邊喝吧！既要飲酒，怎能缺少下酒菜呢！就把家裡有的雞、鵝拿出來宰一宰，弄些小菜，吃吃喝喝多麼愉快啊！

我想這份快樂可能就是來自於單純吧！莊稼人家的生活其實滿簡單的，每天的工作就是在於如何把作物整頓好，依照農時來作業。擔心的是天候、蟲害……等，這些都是不可預測的，所以有時候就只能盡人力聽天命了。

　　就像老虎是人人都怕的，因為知道牠的兇惡，所以會事先提防，但是人就不同了，儘管表面上很親切，骨子裡如何可就不得而知了。所以有人說「苛政猛於虎」，人為的傷害總是比大自然來得可怕。如此說來，倒也眞能體會農家之樂在何處了。

28. 沉醉東風

關漢卿

伴夜月銀箏鳳閑，暖東風繡被常慳。信沉了魚，書
絕了雁，盼雕鞍萬水千山。本利對相思若不還，則
告與那能索債愁眉淚眼。

　　進入作家所勾勒的情境中，我們彷彿可見女子孤獨的身影，
在寧靜的月夜當中獨自徘徊，她無心玩賞美好夜色，也無心彈琴
理箏。東風送來暖暖的春意，卻怎麼也掩蓋不了繡被中少了夫君
既空蕩又冷清的事實，更令人扼腕的是，唯一能傳達思念的書信
也魚沉雁絕、音訊全無，怎能教人不心傷呢？一條能夠牽繫雙方情
思的線斷絕了，失望之際，女子也只能盼望對方主動給予消息，
更強烈盼望夫君此時就騎著駿馬，跨過重重千山萬水回來與她相
見，好讓她能好好地向他索回那理也理不清的相思債，而索債的
依據便是長日以來數不清的愁苦和淚珠。
　　元曲當中，多有表現女子獨守空閨的作品，此首作家以「債」
比喻無盡相思，堪稱妙絕。作品中一種幽深的閨思轉化成女子對

久別夫君的濃濃相思，終日的苦思盼望只為見得夫君一面，無奈事與願違，相思也氾濫成災，像欠債似地連本帶利滾滾加番，夫君如果不出現，恐怕是再也沒有還清的一天。

　　人與人之間的相處少不了情的滋潤，隨著相處的對象不同，情感的流露也隨之不同，如親人之間，給予的是一種安全歸屬的親近之情；朋友之間，是一種互相扶持的手足之情；情人、夫妻之間，因著人的潛在慾望使然，總希望能從對方身上得到想望中無法達成的不足與缺憾。在這首作品中，我們看見了女子的無助和苦苦盼望，相思之情細膩深入，而由曲末的敘述，我們也望見了人心最幽深的渴望和吶喊，這種潛在慾望任何人也無法抵擋。

29.
四塊玉 風情

蘭楚芳

我事事村，她般般醜。醜則醜村則村意相投。
則為他醜心兒真博得我村情兒厚。
似這般醜眷屬，村配偶，只除天上有。

俊男與美女的配對，是大家最喜歡的。這陣子韓國風流行於台灣，如藍色生死戀、情定大飯店、愛上女主播⋯⋯等，均創下了高收視率，而宋慧喬、宋承憲、裴勇俊、宋允兒、蔡琳、張東健⋯⋯等劇中主角，也成了台灣人最愛的偶像明星。

姑且不論演技如何，單以相貌來說吧！大部分的人都承認，男的帥女的美。如果不是這樣，這些韓劇能這麼扣人心弦嗎？同樣在情定大飯店中演出的金承佑與宋慧喬演一對，與宋裴是屬於雙生雙旦的劇情路線，但是受人談論的程度似乎不及宋裴，這是什麼原因呢？

「一個目不識丁、做事粗魯的傻大個，和一個長相不甚好看的醜姑娘。兩個人傻歸傻，醜歸醜，但是對於彼此卻是互有好感。

不為什麼後天的物質條件，只因為姑娘雖醜，對我卻是一片真心，使得我這傻大個感動在心懷，暗暗自許千萬不得辜負這姑娘的心意，願意付出我滿腔的赤誠真心真情待她。像我們這樣子不屬於世人眼光中的郎才女貌，卻能夠真心扶持的伴侶，可能只有在天上才找得到吧！」

前陣子播出的韓劇〈我愛熊〉，女主角宋允兒在接受訪問時提到這部戲中與她演對手戲的演員並非一位帥哥，但是卻用深情打動了女主角，使得女主角願意下嫁給他。也因為戲紅，使得韓國的女孩子開始注意起身邊一些長相不是很俊俏，但是內心卻十分溫柔的男性。

30.
前調中呂陽春曲 知機

無名氏

分分付付約定佳期話，冥冥悄悄款把門兒呀，

潛潛等等立在花陰下，戰戰兢兢把不住心兒怕。

轉過海棠軒，映著荼蘼架。果然道色膽天來大。

情字之於人的力量是很大的，它能讓一個弱小的人頓時有如
大力水手卜派吃了菠菜一般強悍有力，勇氣倍增。

在《射雕英雄傳》中，郭靖的母親遭逢丈夫被殺、自己被挾
持，曾經想自盡卻念及腹中的胎兒而努力的對抗惡人；大漠風雪
中產子，她挺著虛弱的身體努力保護嬰兒，不讓孩子受凍受飢。
雖說母愛是天性，但這是何等偉大的親情啊！除此之外，最讓人
津津樂道的就是男女間的感情，尤其是傳統禮教威脅下的愛情，
看著兩人如何衝破層層的關卡，也要逮到夾縫中的機會見上一
面，互訴鍾情。

看看受到父母嚴格管教下的大姑娘，千叮萬囑的告訴情郎不
要忘了兩人的約定。心急若焚，如坐針氈地熬到時辰近，然後躡

手躡腳地打開房門走到後花園裡，躲開刺眼的月光，就著花蔭掩藏住身形。

「唉！我不是不知道躲起來後就不要亂動，但就是忍不住心裡的緊張和害怕，讓我沒來由的顫抖個不停。咦！遠處的影兒是不是就是他呢？嗐！色膽包天！色膽包天！這詞兒說的可是一點都沒錯啊！」

愛情的滋味是甜美的，但是經營一份美好的愛情卻是人生的一大考驗。曾有一則社會新聞，提到有個國中女孩把自己甫出生的嬰兒從七樓的住家扔下。多麼駭人聽聞的事情啊！

也許我們總說老祖宗定下的規矩迂腐，阻遏了兩性的正常發展。但是歐美的自由民風，真的就符合我們嗎？能「發之於情，待之以禮」的已經很少了。人之可貴，就在於能以理性控制情緒上的衝動。一個新生命的誕生，應該是在一個令人喜悅以及期待的環境下，而不是遮遮掩掩。這樣何其不公啊！

31.
水仙子

無名氏

臨行愁見整行李，幾日無心掃黛眉。
不如飲的奴先醉，他行時我不記的，
不強似眼睜睜兩下分離。
但去著三年五歲，更隔著千山萬水。
知他甚日來的？

　　元代散曲作品比起詩、詞而言，佔有某些方面的優勢，淺近
俚俗的風格拉近了讀者與當代作家的距離，有時候直接將生活中
再平易不過的場景帶入散曲的世界，無疑地，這樣奇特又真實的
畫面成功地進駐了讀者的心靈世界而獲得共鳴。像是這首再白話
不過的散曲，將帶些感傷的惜別之作從女子送別情郎前的矛盾心
理下筆，然愈是話家常般的話語以女子的口吻說出，愈是顯出女
子的不捨與感傷，她只是故作灑脫罷了！如此描寫人物的情態更
顯活潑生動，感傷氣氛也沖淡不少。

　　可愛有如曲中女子，竟想起「不如飲的奴先醉，他行時我不

記的，不強似眼睜睜兩下分離」這樣令人匪夷所思的對策，難道她不懂借酒澆愁愁更愁的道理嗎？她懂！我想她是懂的，這樣抵抗離愁的方式或許就是讓她看得更明白、體會得更透徹的方式。

有時候人就愛往死胡同裡鑽，還非鑽得它遍體鱗傷不可，當眞眞正正體會到何謂「離別的滋味」之後，才會心甘情願地從死胡同裡爬出來。令人驚訝的是，當初固執得選擇向下沉淪、願沉在離別的苦海中漂流的每一個無法自拔的人，竟無藥而癒了！「解鈴還需繫鈴人」，原來，這些沉淪相思苦海中的癡情人兒，化解相思的方式，就是不斷地相思再相思，心中有個人，要比硬生生將那個人從心中抽離踏實得多，也不那麼殘忍！

想，很簡單；不想，很難，很難。理由很簡單，因爲愛。去想去念吧！愛情的測驗卷中少不了這一題，它考驗著每個人對愛情的執著、對愛情的堅貞，「教我不想他也難」，時下流行歌不也這麼高聲唱著、和著？本來嘛！在愛情的世界中，是不怎麼講理由的。

32.
水仙子 喻紙鳶

絲綸長線寄生涯，縱放由咱手內把。

紙糊披就裡沒牽掛。

被狂風一任刮、線斷在海角天涯。

收又收不下，見又不見他。知他流落在誰家？

　　思念的心，因為距離的疏闊而更顯深厚，不知現在的你正在
做什麼？一年了，你從我的身邊離開已一年有餘，留下我一個人
在充滿著彼此之間美好回憶的地方，我選擇留下，像是守株待兔
般不願離開，我固執地認為總有一天，你會回來，回來這個有過
你我足跡、撒滿甜蜜種子的地方，我期待著它的開花結果，充滿
期冀卻又忐忑不安的我，這麼癡心妄想著。

　　我手中仍然牢牢抓住這條操控風箏的線，因為你曾經用堅定
的語氣告訴我：「等我回來喔！」你爽朗的笑聲仍在耳邊環繞，
你也告訴過我你就像飛在天際的風箏，不管飛得多遠，操控風箏
的線──你的心就透過這條線繫在我手上，怎麼也飛不遠、飛不

久，只要我收線，你就會奮不顧身地飛回我身邊……但是，那一天，我無法忘卻的那一天，線突然間應聲斷了，你直直往天的另一邊飛去，任憑我努力地收線，卻怎麼也不像從前那般緊密，線緩緩從天空飄下，我的期待再也禁不起任何的打擊而決堤。

「小婕，妳在發什麼呆？」形形在小婕身邊輕喚著。

「喔！沒什麼。」正眺向遠邊湛藍晴空的小婕被形形這麼一喚，突然間驚嚇了一下而回過神來。

「我們該回去了，小婕，妳一定要再振作起來，相信阿邦如果在天上看得見妳的話，一定不願意見到妳現在這個樣子！」形形心疼地看著小婕，安慰著她。

「我們走吧！」小婕幽幽地說著，轉身低頭走在形形前面，因為她不願讓形形看見、更不願讓在天上的阿邦看見她流淚滿面的模樣。

你說你在紐約的學業告一段落要回來看我的，被釘在這裡動彈不得的我只能等待，因為我願意留在此地，這個充滿我倆回憶的地方等你回來，而我終於等到這一天了。去年的這一天，我高興不已，正沉迷於收回思念的這條線，因為你的心很快就會回到我身邊，等待著、等待著，我在電視的特別報導中等到了你的消息，飛機空難的消息隨著電視跑馬燈不斷地播放著，我的心隨即

沉落谷底，衷心期盼著你不在上面，當罹難者名單一一從畫面中出現時，一個熟悉卻又離我好遠的名字映入眼簾。

　　直到現在，我仍固執地認為，你只是累了！總有一天，你仍會將那顆屬於我的「心」繫回線的那一端。

卷四

寄情山水忘煩憂

智者樂山，仁者樂水，只
要能與自己的心靈取得共
鳴，就是好山好水。

1. 天淨沙 秋

白樸

孤村落日殘霞，輕煙老樹寒鴉，

一點飛鴻影下，青山綠水，白草紅葉黃花。

　　秋天常給人的是一種淡淡的感覺，無論是秋風、秋雨、落葉，常是用以寄情詠物的對象，也因為傳統作品創作使然，「秋」讓人感受到一股淡淡的離愁，或是縷縷情思藉由這樣濃厚的秋意由淡轉深，人的思緒便因此濃得化不開了。

　　我們彷彿進入如畫般的境地：一座孤立的村子在天邊落日與殘霞餘暉的映照之下更顯搶眼，一陣輕煙籠罩屋舍周圍，老樹矗立在旁，烏鴉倚樹棲息，四周沉浸在一片寧靜的氛圍之中，這種祥和靜謐的畫面深印在人們心中，突然遠方天空一隻飛鳥將我們的視線拉得更遠，青山綠水，色彩繽紛的花花草草更吸引了我們的目光，流動的畫面，帶來一片生命的光彩。

　　白樸的這首天淨沙與馬致遠的作品相較之下，有「異曲不同工」之妙。馬致遠的「枯藤、老樹、昏鴉」、「小橋、流水、人

家」，有一種蕭瑟的暮秋之感，最後以「斷腸人在天涯」作結，自有一番深深的傷感在當中；然而白樸的這首小令完全跳脫出這樣的窠臼，原來「秋天」另能給人一種清爽、淡雅、黏而不膩的感覺，清新的韻致，流動的節奏，讓人的心情也不免產生一股新意，這種情韻更能予人生命有不同於以往的體會與感受。

　　同樣的秋景，實會因著作家出生背景以及價值觀的不同而有不同的感受，「萬物靜觀皆自得」，你我眼中所看出去的世界也會有所不同，不過有趣的是，心中莫名的感動卻在你我的心中慢慢滋生，不管傷春或是悲秋，此時從你眼中看出去的世界，是個什麼樣的天地呢？

2. 正宮叨叨令 四景

周文質

春尋芳竹塢花溪邊醉，夏乘舟柳岸蓮塘上醉，
秋登高菊徑楓林下醉，冬藏鉤暖閣紅爐前醉。
快活也麼哥，快活也麼哥，四時風月皆宜醉。

「醉」，有時候是不太好的意思。以社會新聞的角度來講，提
到這個字恐怕與鬧事脫離不了干係；以文學的角度來說，則是一
件令人身心暢快的美事。「酒不醉人，人自醉」、「醉翁之意不
在酒」都是對於醉字的另一番說法，表示一件事情對我們的吸引
力，就有如酒一樣令人陶醉。而要讓人達到醉的境界，也不是件
容易的事情。

美色如何令人醉？就是因為這個美色引起了欣賞者的共鳴，
被誘入其中流連不已，所以欣賞者的主觀心境是「醉」的引線。

「春天的時候就去享受一下那掙脫嚴冬而奔流的小溪所發出的
潺潺水聲，享受新生嫩竹林中的生機盎然。在一片清涼之中，體
會清新的感覺。

夏天最棒的生活就是乘著小舟在湖上，任由清風帶著自己四處飄蕩，陣陣的蓮花香撲鼻而來，多麼愜意啊！

　　秋天，秋高氣爽，這時候就該去登高。極目遠眺，山下的事物一覽無遺，抬頭望天，沒有刺眼的驕陽，只有清爽的藍天，頓時心中突然暢快了起來。除了登高之外，秋天也是菊花以及楓紅的季節，趁著這最後的花季來賞玩一下，體會大自然在冬天來臨之前的準備。

　　冬天，大地一片白茫茫，刺骨的寒風使人眷戀起屋內的紅爐火，劈啪的木炭聲讓人湧起了陣懶洋洋的感覺，似乎這就是所謂的『冬眠』感吧！」

　　「仁者樂山，智者樂水」，樂山樂水其實不分仁者、智者的，只要是與自己心靈能夠取得共鳴者，讓自己覺得舒服的就是好的。在作者的眼光裡，大自然的山水是最能夠讓他感到愜意而沉醉其中的，所以春夏秋冬他都能夠尋覓到讓自己最舒服的狀態。

　　台灣的四季本來就不分明，近幾年天氣的不穩定更有「暖冬」現象出現，因此要找到四季分明的景致並不容易，但是作者的這首曲其實只是個例子，透過這裡我們也可以去尋找與自己生命相契合的人事物，讓我們能夠在工作之餘有一個舒緩身心的方式。

3. 一半兒 春妝

查德卿

自將楊柳品題人，笑撚花枝比較春，

輸與海棠三四分。

再偷勻，一半兒胭脂一半兒粉。

「楊柳青青柳色新，春英抬頭笑迎人。」春天來了，景色美好，人也跟著神清氣爽起來，而到了愛美年紀的少女，為了不遜於春色，好生的在房裡打扮一番，才帶著愉快勝利的心情出門。

誰知花園裡那嬌柔可人、襯著露珠兒的海棠竟比自己美上三四分，不甘心的微酸心情一時湧上心頭，轉個身，少女又回到房裡，還不忘掩著窗偷偷地搽粉勻面，不讓海棠專美於前。

真是可愛的小姑娘呢！這樣短短的文字，卻蘊含了少女年輕的氣息以及不服輸的精神。

春天，一年中最受人歌頌的季節，就像少女的青澀與年輕的美好，總是引起人對於青春歲月的緬懷。

春天循環不已，它的消逝有跡可尋，是可以被等待的；然而，時間是不等人的，不好好珍惜，青春一下子就隨風消散了。

所以，當少女偷偷勻面欲與春光、海棠相爭妍時，她是懂得珍惜當下與自己的青春的；而查德卿寫這少女，無不懷著欣慕的心情，想來他也希望讀曲人一同感染少女的慧黠與可愛。

4. 中呂陽春曲 春景

胡祗遹

幾枝紅雪牆頭杏，數點青山屋上屏。
一春能得幾晴明？
三月景，宜醉不宜醒。

中國的山水詩文，從屈原詩中的丹橘、孔子眼中的松柏，都有種比附的意義，作爲一種政治操守或是社會風氣的象徵意義。直至後來，才開始謳歌山水的本身，認爲山水的美就在於其本身，就在於它能使人心暢神怡。作者基於此而發，作了此首曲子來歌詠自然之美。

「陽春曲」又名「喜春來」，雖然曲牌不一定要與題旨有關，但對此曲而言，卻是再恰當不過了。

牆頭積雪上幾枝的杏花綻放，代表著春天的腳步近了。幾枝的杏花，就寫足了早春的「早」字；屋外遠處的青山橫亙，其深遠之勢、平遠之態，躍然紙上，誠如北宋畫家郭熙所言，畫山的訣竅在於遠：「自山前窺山後，謂之深遠；自近處而望遠山，謂

之平遠。」

　　遠山與近處的幾枝杏花，形成一種鮮明的層次感。紅、青二色編織出春天大自然最典型的色調，是如此的和諧、舒服，令人不禁陶醉在這早春的氛圍裡。遠近的對照、色彩的調和，所勾勒出的是一幅美麗溫和的初春圖。

　　春日裡美景無多，所以能在晴日和風中欣賞春光更是難得。趁著紅杏美、青山青，蜂飛蝶舞，生機盎然的日子出遊，飲美酒、賞春色、度春光，令人好不快樂，完全置身其中，而忽略了塵世的喧囂與煩惱，自由自在的在這恬淡的早春裡，春不醉人人自醉，是一分醉酒，十分醉春；一分醉物，十分醉心。

5. 人月圓

倪瓚

傷心莫問前朝事，重上越王台。

鷓鴣啼處，東風草綠，殘照花開。

悵然孤嘯，青山故國，喬木蒼苔。

當時明月，一一素影，何處飛來？

　　古人常以風花雪月之物起興，說是寫物，實是藉物抒發一己
之思。詠物詩詞是古人喜愛創作的題材，元曲作品亦然，而在風
花雪月、山水鳥獸等物象描寫的背後，實寄託著作家幽微不爲人
所知的情感。

　　或許我們可從作家所處的時代背景去體會其當時創作之心
境。作家倪瓚是生活在元末明初的文人，故其作品不乏緬懷故國
的抒懷曲。同樣身爲亡國遺民，所以當作者登上春秋戰國時期亡
國之君越王句踐所建的亭台時，自然產生出「傷心莫問前朝事」
的慨嘆，這種感傷如果再加以身旁景色的渲染，作者的抑鬱之情
更是加倍深重，眼前鷓鴣悲啼、東風荒草、夕陽殘照下的野花看

起是來如此蕭瑟，作者此時正處在悲涼的氛圍之中，失意悵然之餘不禁悲悵長嘯，以宣洩心中的憤懣之情。忽然間，熟悉的畫面在眼前開展，明月升起，綻放出皎潔銀輝，這不是曾經映照在故國的明月嗎？作者油然生出一種「他鄉遇故知」之情，原來，一切世間事不過是在日昇月落的相互循環之間不停運轉罷了！自我慰藉之中，我們亦可感受到作家的驚奇、喜悅之情。

　　同樣寫月，不同時候、不同人，皆有不同感觸。月的陰晴圓缺，訴說著人生之中不能免除的因緣際合。「萬物靜觀皆自得」，抬頭望一下滿天星斗的天空，今晚的月色，美嗎？

6.
朝天子 西湖

徐再思

裡湖、外湖，無處是無春處。

真山真水真畫圖，一片玲瓏玉。

宜酒宜詩，宜情宜雨，銷金鍋錦繡窟。

老蘇、老逋，楊柳隄梅花墓。

　　元人散曲主要分豪放與清麗兩派，徐再思的作品一向以清麗見長，這首〈朝天子〉也不例外，將杭州西湖的春意盎然表現得淋漓盡致。他形容西湖的山光水色是幅真正的山水圖畫，如玉一般玲瓏剔透，「宜詩宜酒，宜晴宜雨」一句，更令人想起東坡的〈飲湖上初晴後雨〉：「水光瀲灩晴方好，山色空濛雨亦奇。欲把西湖比西子，淡粧濃抹總相宜。」

　　二者皆顯示了西湖的美，不只是某一情狀下的美，而是無論晴雨皆美不勝收。此曲更將前人遊西湖揮金如土、衣錦披繡的情形寫入作品之中，用淺白的句法表現得十分明晰。

　　的確，西湖勝景自古至今傳頌不絕，東坡所建的楊柳隄、埋

葬林逋的梅花墓，都成了西湖名勝，提高了此處美景的格調，更爲此地帶來更濃的傳奇性色彩。又徐氏在前面形容西湖景致有如玉一般玲瓏剔透，後又帶出楊柳提和梅花墓，因此有人說：前面是一片玉，後面是兩顆珠。這樣的讚美，實是對徐氏作品的肯定。

今人遊西湖，仍然覺得景色秀麗，山水可親，因此國人赴大陸游玩，杭州西湖仍是不可少的行程，可見其湖光山色不只令以前的騷人墨客流連忘返，即使今天，人們想親近自然、欣賞美景的心境，皆同於古。秀麗明媚的風景，能滌淨我們的心靈，沉靜我們被喧囂塵世所污染的心，恢復心靈的平靜，而充分獲得休息，當再度回到工作崗位時，一定能有更好的表現，這也是何以古今之人皆喜歡遊山玩水的重要原因之一。

7.
小桃紅 客船晚期

盍志學

綠雲冉冉鎖清灣，香徹東西岸。

官課今年九分辦。

廝追攀，渡頭買得新魚雁。

杯盤不乾，歡欣無限，忘了大家難。

　　愉快的場景有助於人們忘記生活中的苦難，但賦稅的減免卻只是暫時的歡樂，因為大家的「難」只是暫時被紓解或遺忘，並非真正獲得解決。所以作者在曲中寫冉冉上升的煙靄如雲團一般倒映在清灣中，花香也飄散在清灣的兩岸，此情此景是多麼的美麗，官家只徵九成稅，大家一起到河岸去追逐玩耍，準備好各種魚蝦野味，一起吃吃喝喝。融洽的氣氛使人倍感歡欣，美好歡樂的時光讓人暫時忘記生活中的困苦。

　　大家都喜愛歡樂的場合，盍志學寫這曲〈小桃紅〉也是基於這樣令人欣喜的情調，雖然只是暫時放下令人煩心之事，但大家仍是舉杯暢飲，表現了熱情與開朗的一面。本篇為《臨川八景》

組曲中一首寫村民生活的小曲，渲染自然環境的優美，也寫親友相聚、開懷暢飲的場面，熱鬧的氣氛極富生活氣息。

　　中國自古以農立國，所以許多詩文作品都離不開農村生活的描寫，更有許多作品表現的是農家的苦。這首曲子意外的表現農村之美和大家歡喜慶賀的場面，眾人追逐跑跳，採辦野味，最後卻又話鋒一轉，加上一句「忘了大家難」，體現了農村生活的真實一面，將農村生活的苦難以一筆帶出；在曲子的最後點出主旨，說明寫作重點，表現了作者對當時農民百姓生活的關懷之情，以及傳統知識分子溫柔敦厚的一面。

8. 憑闌人 江夜

張可久

江水澄澄江月明，江上何人搊玉箏？
隔江和淚聽，滿江長嘆聲。

「琵琶行」中，白居易與朋友在潯陽江邊分別，正是離情依依
時，聽到有人彈奏琵琶，動人悅耳，在好奇心的驅使下，他們請
了這位女子來舟上一彈，沒料到卻知道了商婦夜半彈奏的傷心緣
由，讓滿懷離愁的詩人興起了「同是天涯淪落人，相逢何必曾相
識」的感嘆。為了避開話題，於是請婦人為他們彈奏一首。琴音
與心境的纏繞，讓白居易不由得發了癡，等到回了神，卻發現自
己早已淚流滿面。

有心事的人，其實並不見得容易把心情向別人訴說，一方面
是說了也沒有用，另一方面則是有苦說不出，最痛苦的事情莫過
於此了，於是，有人選擇了逃避。

不願意面對現實的人，是畏光的，他們喜歡躲在暗處，把自
己密密的藏起來，不被別人發現，因為這時候，任何的關心對他

們來說都只是在傷口上灑鹽。

　　夜晚的江畔是寧靜的，夜色掩蓋了孤寂的身影，讓他可以擁有安全感，任由清風拂面，希望涼爽的夜風可以吹進心中，把烏雲一般壓在胸際的鬱悶吹散。可是清亮的江月，卻如鏡子般照進了自己不願見光的心中，將苦楚清晰的映在眼前。就在此時，作者到了江畔，聽到了夜風送來的一陣箏音。

　　到底是什麼人？是否是個與自己一般有雅興的人呢？還是個傷心人呢？凝神細聽，彈奏者內心的鬱悶，似乎跟隨著樂音的節奏化成一陣陣的嘆息聲，傳進作者易感的心懷。無怪乎說音樂能夠透露人心，而也是要能夠透露人心的才是好音樂。

　　記得作家劉墉曾經寫過一段類似的話，內容大致是說聽他兒子彈奏一首曲子，雖然技巧不錯，但是總缺乏了一點感情的體會，於是告訴兒子等到失戀之後再來彈。後來再度聽到兒子彈奏時，發現聽到了他所想要的東西，正是兒子失戀的時候。

9. 雙調雁兒落帶得勝令

張養浩

雲來山更佳，雲去山如畫。
山因雲晦明，雲共山高下。

倚仗立雲沙，回首見山家。
野鹿眠山草，山猿戲野花。
雲霞，我愛山無價。看時行踏，雲山也愛咱。

　　要怎麼樣才能做到真正的純粹欣賞，就是不帶任何主觀意識去看東西？

　　觀賞山景，有雲來點綴，裊裊雲煙，讓人有一種飄渺的感覺。流動的雲氣，讓山色若隱若現，引起人無限的遐想。當雲氣散去，蒼翠的山色畢露無遺，得以一窺廬山真面目，讓人欣賞起大地造物之美。

　　有些時候，我們會為了想看日出而特別跑到阿里山上，可是山上的氣候不是人為所能控制的，因此，不見得上山就能如願以

償。想到自己辛苦開車上山卻是這樣的結果，不禁有些氣惱，然而這樣算不得是真正的遊玩。

有一年暑假，與一群同學開車到宜蘭玩了四天。大家其實沒有什麼目的，反正目標是宜蘭，看了地圖，沿路開車，找了幾個不錯的景點，然後，只要遇到好玩的，想停下來走走或是照幾張相的就多玩一下。可能也就是因為我們沒有什麼目的，所以，隨處走隨處看，反而欣賞了更多的美景。

當我們一旦決定要到某個目的地時，一路上的車程多半是睡覺、聊天，只是無聊的等著到達目的地而已。但是，如果轉個心境來看，沿途處處可以是美景，大自然給我們的不是兩點一直線的東西，它給我們的美好事物到處都有，只要有心，一定讓你不虛此行，胸臆中有著滿滿充實的感覺。

當我們欣賞著大自然山水的無價時，同樣的，山水大自然也回饋了我們快樂。

10.
雙調天香引 西湖感舊

湯氏

問西湖、昔日如何，朝也笙歌，暮也笙歌。

問西湖、今日如何，朝也干戈，暮也干戈。

昔日也二十里沽酒樓、香風綺羅，

今日箇兩三箇打魚船、落日滄波。

光景蹉跎，人物消磨，昔日西湖，今日南柯。

「南柯」指的是「南柯一夢」的典故。是說有一個書生要進京趕考求取功名，在途中睡臥樹下，竟夢見自己到了南柯國，不但求得功名，也娶得公主爲妻，享盡富貴。不料突然風雲變色，使自己在一夕之間家破人亡，孑然一身。就在此時夢醒，回想到夢中的情境，眞有如自己走過一遭那般，頓時讓他看破一切。

西湖，在中國的歷史上是一個相當有名的地方，早在春秋戰國時，就曾傳說范蠡與西施泛舟其上。到了南宋偏安時，又以杭州爲首都，使得這一帶更爲發達，街道上處處酒旗飛揚，店肆林立，然而今日的西湖，卻因爲連年的爭戰，往日風光不再，街道

上冷冷清清的，湖上也只有幾艘小漁船，一片蒼涼模樣，就好像書生南柯夢醒一般，徒留一片悵惘。

在今日的社會裡，其實我們滿難想像到這一切的。因為這一代的我們大多沒有經歷過征戰，且日益進步的現況，讓我們只看到無盡的革新與繁華，如果有機會詢問長輩們，他們就會有比較深刻的感受。畢竟他們走過的歲月比我們多很多，回思以前生活的不便，常常是不勝欷噓，也就格外的要求我們要珍惜眼前的一切，畢竟，這是他們最深刻的體驗。

11. 殿前歡

盧摯

酒杯濃，一葫蘆春色醉疏翁，一葫蘆酒壓花梢重，
隨我奚童，葫蘆乾，興不窮。誰人共？一帶青山
送。乘風列子，列子乘風。

　　遙想北宋文豪歐陽修的〈醉翁亭記〉，是描寫歐陽修帶著滁
州官民一起登山遊玩，欣賞環滁皆山的風景，由山光、水色、人
情、醉態層層推演，由遠而近、由大到小的描寫，將滁州的山水
寫得如詩如畫，更將一旁觥籌交錯的賓客之動與頹乎期間的太守
之靜，相互對比映襯，使全文更具情致，也高雅清逸。而其思想
主幹在「樂」，寫的是醉中之樂，所以才會產生千古名句「醉翁
之意不在酒，在乎山水之間。」更顯一代文豪的氣格高妙。

　　而盧摯的這首小令，以酒為出發點，將目光直接放在醉酒的
山翁身上，寫他盡興酣飲的狂放生活，才又旁及酒葫蘆、花梢、
奚童、青山，由近而遠的描寫春遊野地之樂，將情景、人物由細
微描寫到大塊的敷衍，才見意境全貌。文中我們看到一個山翁帶

著書童和兩瓶葫蘆酒到郊外遊玩，喝得醉醺醺的山翁遊興正濃，掛在枝頭的酒葫蘆也壓得花枝顫動，走向山林之中，有誰與山翁共遊呢？是那綿綿青山像朋友一般迎接著他呀！這種筆調，頗有「我見青山更嫵媚，料青山見我應如是」的趣味。

　　這兩種恰恰相反的書寫方式，卻巧妙的聚焦於縱酒山林，醉心自然的風趣。而盧氏在酣飲野遊之餘，還將其任真自得的豪情表現無遺，最後的「乘風」二句，寫列子乘風而行，自己也要像列子一樣乘風翱翔，更說明了作者想出塵避世、隨風遨遊的放曠心情。

12. 沉醉東風　秋景

掛絕壁、枯松倒倚，落殘霞、孤鶩齊飛。
不盡山，無窮水。散西風、滿天秋意，
夜靜雲帆月影低，載我在、瀟湘畫裡。

常言道「秋高氣爽」，在台灣可能無法深切的感受到，只覺
得秋陽依然炙人，抬頭望天，雲兒似乎也因懼熱而躲得遠遠的。
但時近黃昏就不同了，襲人的風已帶有些許的涼意。這才真正是
秋天的感覺，清爽而不煩躁，如果能與大自然來個寧靜的約會，
將是人間最美好的感受，而作者就把握了這個機會。

躺坐在小舟上任由流水輕晃，耳畔縈繞著水流聲以及咿呀咿
呀的舟聲，多麼舒服呵！絕壁上的枯松有如金鉤般地倒掛著，鶩
鳥飛過晚霞佇足的天際尋覓今晚的棲身之所。放眼周遭是無盡的
高山大壑，眼前是看不到何處是盡頭的江流。

深吸一口氣，多麼輕鬆的感覺啊！就靜靜的坐在這兒，小心
地不驚動出任何聲響，任由那濃濃的秋意把我擁在懷裡。

你曾經與大自然的寧靜約會過嗎？我有喔！是在尼泊爾的奇旺國家公園裡。在旅行社的行程安排下，我過了一次幾近原始的生活。沒有光害的夜色裡，我獨自坐在小木屋外的廊廡下，身邊只有一盞油燈伴隨。聆聽陣陣蟲鳴和遠處傳來深具強烈節奏的鼓聲，是當地人在河岸邊開起的營火會鼓聲。一切的一切是這麼地安詳、純樸，讓原本怕黑的我不再畏懼夜晚，靜靜地融入如畫的夜色。

卷五

忠於內心的聲音

冥想和鬆弛，是休養身心
最好的方法，你會發現屬
於你生命中的驚奇。

1. 一半兒 題情

王鼎

鴉翎般水鬢似刀裁，小顆顆芙蓉花額兒窄。

待不梳妝怕娘左猜。

不免插金釵，一半兒鬆鬆一半兒歪。

　　這首小令將青春少女情竇初開、心緒紛亂不寧、精神不振又懶散的情態描寫得活靈活現，少女為了不讓母親發現自己的心事，只好強打起精神梳妝打扮，結果把髮髻梳得一半兒蓬鬆一半兒歪，讓人一眼即識破，表現出「少女情懷總是詩」的微妙心態，不禁令人露出會心一笑。

　　一般陷入熱戀的女孩，都可在其表現的言語情態中觀其端倪，比方說熱線電話不斷，一講便天南地北聊不完；看書時容易發呆，發呆時臉上也會掛著甜甜的微笑；就連衣著也開始講究，所謂「女為悅己者容」，在喜歡心儀的人面前總要留下最美好的印象，這樣的症候群，總要持續好一段時期，直到戀情進入穩定時期。人說戀愛當中的女人最美，我倒覺得這是階段時期的變

化，女人最美的時候，也可說是最愛美的時候，應是熱戀初期，熱戀過後，便進入細水長流的階段，也是變化較多的時期，因為雙方個性使然，開始會有小摩擦發生，然而個性契合與否，也在此一時期醞釀變化著，一段段的愛情故事便在人生的舞台上持續上演。

　　每人都有屬於自己的一段愛情故事，不管是一段褪色的戀情或是錯過的戀情，故事結果總會有不盡人意之處，而隨著心境的成長改變，看待愛情的角度也隨之變化，然而任何一次的相遇分合都是緣的聚散；不管聚散，只願有情人皆能珍惜這份得來不易的緣！

2. 山坡羊 春睡

王實甫

雲鬆螺髻，香溫鴛被，掩春閨一覺傷春睡。
柳花飛，小瓊姬，一片聲雪下呈祥瑞。
把團圓夢兒生喚起。誰，不做美?呸，卻是你！

　　遠遠的你，站在五光十射的舞台上，乾冰繚繞，把你挺拔的身影都掩蓋了，你就像從雲霧中走出，向我們揮揮手，一首又一首動聽的歌曲從你口中哼唱出來，在台下的我聽得如癡如醉，螢光棒隨著你的歌聲起舞，「我愛你！我愛你！」的聲音此起彼落，你燦爛的笑著，向我們點頭回應：「我也愛妳們！」你迷人動聽的嗓音已然淹沒在陣陣的歡呼聲中……

　　「我愛你！我愛你！」趴在桌上睡著的小敏口中持續念念有詞。

　　「喂！老妹！該醒啦！明天要考試的人還在做什麼白日夢！」姐姐小慧一聲驚醒夢中人，將睡夢中的小敏喚醒。

　　「都是妳啦！人家還沒有看完F4的演唱會，妳就把我叫醒，現

在是我最喜歡的道明寺上台耶！」小敏夢醒後仍舊念念有詞，懊惱地數落姐姐一番。

時間就在姊妹倆的爭執聲中凝結，不知小敏此時是夢著，還是醒著……

元代小令表現閨怨的作品中，對於女子思君的苦悶情懷多有著墨，但是能以風趣生動的筆墨展現的卻是少有。如此首描寫女子在大好春光因為獨守空閨而顯煩悶無聊，只好悶頭獨睡，或許能與心上人在夢中相見也不一定。誰知不知趣的丫環誤把柳花飛絮看作飛雪，高聲歡呼：「下雪了，吉祥如意！」這一聲歡呼硬生生將女子的團圓夢給喚走了，怎不教人心生懊惱呢！無辜的丫環也難免遭一頓數落。

白日夢就好像味精一樣，少放一點有說不出的好滋味，但是多放就要倒人胃口了。

3. 一半兒 題情

白樸

雲鬟霧鬢勝堆鴉，淺露金蓮簌絳紗，
不比等閑牆外花。罵你個俏冤家，
一半兒難當一半兒耍。

　　一對青年男女歡喜相會的喜悅在此作品中表露無遺，我們看
到在男子眼中的女子是這樣的：她那雲霧一般的烏黑鬢髮有如鴉
羽堆擁著，於此便可想見女子外貌的清雅端麗；她的舉止更是輕
盈婀娜，看她蓮步輕移，擦得裙襬發出沙沙的聲音。這樣美若天
仙的女子出現眼前，迷得男子神魂顛倒，雖然激情難當，男子仍
對女子極為尊重，認為她這樣的美是不能與平常的牆外野花互相
比擬的。笑罵著喚聲：「俏冤家！」一半是春心蕩漾、熱情難
當，一半是與女子鬧著玩耍。

　　兩人相會的喜悅恐怕是怎麼形容也說不上來！

　　常常在火車站或是機場見到送別或相見的場面，一邊是歡喜
迎接，一邊卻是依依難捨。但許是人心的一種微妙心態使然，總

習慣將目光停駐在相見的場景中。

　　火車站的出口處便常有這樣的有趣畫面，如果是一對中年夫妻在引領企盼，目光似乎不曾離開過任何一班進站的火車，好不容易心愛的女兒終於在某節車廂的出口處出現，一對夫妻終於耐不住等候，在擁擠人群中揮手呼喚女兒的名字。如果是一位青年在等候女友，他通常站在不甚起眼的角落，當女友出現左顧右盼找不著人影之際，再出其不意的拍著女友肩膀，笑鬧之中，一對幸福的背影已漸漸離去，消失在眼前。

　　如果說，機場的出境室承載著多人的祝福與不捨，那麼入境室中投注的又是多少期待的眼神？一送一迎之間，人們不過就是在這樣悲喜交錯的過程中體驗著人生百態，如果能夠反向體會離別時的不捨情態，或許我們就更能理解何以作品中的男子在見到心上人出現時，會有如此激情的情緒反應了。

4. 仙呂後庭花

呂止庵

> 西風黃葉疏，一年音訊無。
> 要見除非夢，夢回總是虛。
> 夢雖虛，暫時相聚，新來和夢無。

秋天是思念發愁的季節，「愁」是由「秋」和「心」兩個字所組成的。秋天的氣候開始轉涼，景致也不如春、夏兩季明媚以及生機盎然，於是更容易引起人的內心感觸而發愁。

「又到了秋季，西風吹起，樹上零落的黃葉隨著西風擺啊擺的，距離我們分離的日子也已經一年了。在這一年的時間裡，總是沒有你的隻字片語，如果我想要見你，除非是在夢中，但這夢畢竟不是真實的。雖然不真實，至少我們有了短暫的接觸，只是最近，怎麼我一直夢不到你呢？」

「夢」在我們的生活之中佔有很大的份量，就心理學來說，夢可以補償我們在現實生活中無法得到的，這是一個人體的自我補償機制，可以調整內心的平衡；也就是說，以夢中的擁有來安撫

自己。所以從夢境可以看出人的慾望是什麼，甚至可以反映出我們的黑暗面。說穿了，夢就是一個抒解壓力的管道，在潛意識中為我們舒緩一切。

人的壓力有一個發洩的管道，總比悶在心底好，有人說「內傷」就是這樣的東西。武俠小說中總說當兩大高手在比拚內力時，本來凝如泰山的兩人在電光石火之際倏地分開，一個立定不動，另一個倒退數步才停止，並吐了口鮮血，眾人立刻圍上去扶助他。比賽勝負已分曉，退後數步者是輸家，但當另一隊人馬離去後，這個吐血的人說：「其實他傷得比我重」。原來，那個立足不動的人，為了好強凸顯自己的能力，硬生生地把不適給壓了下來，故而傷得更重。

中國人所講求的就是順其自然，喜、怒、哀、樂本來就是人的情緒反應，適度的發散會比壓抑一切來得好。

5. 憑欄人 寄征衣

姚燧

欲寄君衣君不還，不寄君衣君又寒。

寄與不寄間，妾身千萬難。

　　這首曲子充分表達了女子心中的矛盾心情。想將禦寒衣物寄
給遠方的人，卻又希望他因天寒無衣而回鄉，又怕他回不來而受
凍。寄與不寄之間，女子陷入兩難的局面。

　　作者姚燧是元代有名的古文家，時人將他比做韓愈、歐陽
修，可見他在古文方面的成就相當高。但他同時也是個散曲名
家，以情韻婉轉、筆調流暢著稱。而〈憑欄人〉一曲，就是最佳
例證，姚氏只用了短短的二十四個字，便將夫妻間的恩愛之情表
露無遺。

　　由曲中我們幾乎可以看到一個做妻子的在家趕製冬衣，想給
在戰地作戰的丈夫禦寒，做好了冬衣想寄給遠方的丈夫，又怕丈
夫有了禦寒的冬衣就不回家，但是不把冬衣寄出去，又怕丈夫受
凍。這樣的矛盾心理，使妻子左右為難，可見妻子十分渴望見到

丈夫歸來，想藉著不寄冬衣迫使丈夫回家來拿，以達到見面的目的，但冬天的腳步近了，丈夫再不回家就要受凍了，寄與不寄間，做妻子的都很難抉擇，也表現了她對丈夫深深的摯愛之情。

　　元人散曲多俚俗淺白，使人一讀便懂，這首〈憑欄人〉就體現了元曲淳樸的本色，用令人易懂的字句，組織成一首溫柔蘊藉、筆調婉轉的小令，讓人反覆吟詠咀嚼仍回味無窮，將身為人妻心中的矛盾、細膩情感，用最簡單的方式呈現出來，曲終的「難」字，其份量足以撐起全篇，成為散曲的重心，讓讀者深深體會妻子心中的「難」，真是千難萬難呀！

6.
蟾宮曲 曉起

徐琰

恨無端報曉何忙。喚卻金烏，飛上扶桑。

正好歡娛，不防分散，漸覺淒涼。

好良宵添數刻爭甚短長。

喜時節閏一更差甚陰陽。

驚卻鴛鴦，折散鸞凰。

猶戀香衾，懶下牙床。

西方作家羅蘭巴特對於戀人之間相處的快樂，有以下巧妙的比喻：「箍牢─為了減輕其不幸，戀人一心指望用一種控制的方法來箍牢戀愛帶給他的愉悅，一方面死死地把住這些愉悅，盡情享用；另一方面，則將這塊樂土之外的沉悶疆域打入一個括號，盡數拋到腦後，心裡只有情侶帶來的歡樂，卻將情侶本人『忘卻』在歡樂之外。

這樣的比喻，似乎與元代作家徐琰的這首以「曉起」為題的作品遙相呼應，題旨不謀而合。曲中男女想要箍牢的愉悅，就是

「彼此」所帶來的快樂，曲中用金雞報曉、金烏飛上扶桑兩個生活片段訴說著時光的無情流逝，無情似有情，可嘆兩個有情人轉眼就要分離，淒涼無限。

　　於是，熱戀男女突發奇想，想盡方法，就如羅蘭巴特所言：「將這塊樂土之外的沉悶疆域打入一個括號，盡數拋到腦後」，他們的方式就是想和時間一較長短，極力爭取彼此相聚的任何時光，一刻都不容錯過！「好良宵添數刻爭甚短長。喜時節閏一更差甚陰陽。」雖是癡心人兒說癡話，但也得以見得男女之間深長的情意。

　　最後，羅蘭巴特無疑給了大家一記當頭棒喝！究竟，戀人們所貪戀的是對方帶來的歡愉，還是單純地因為對方，因為有你（妳）的陪伴？曲末「猶戀香衾，懶下牙床」，似乎給了我們想像的空間，男女繾綣、不忍分別，是貪戀歡愉的感覺，也是不捨與戀人即將分離的感覺，「時間」對他們來說，就算長如一世紀，也似乎不是很夠！

7. 解三酲

真真

奴本是明珠擎掌，怎生的流落平康？對人前矯做作
嬌模樣，背地裡淚千行。三春南國憐飄蕩，一事東
風沒主張。添悲愴。那裡有珍珠十斛，來贖雲娘。

夜晚的海風，聽起來有一種淒涼的感覺，我在隱約之中聽到
了海風帶來的叮嚀與呼喚：「女兒呀！一個人隻身在外，萬事都
要小心。那裡不比我們鄉下單純，人心隔肚皮哪！記住俺老爸爸
的話，住不習慣、做不來不要硬撐著，就回來吧！一家子團聚才
是我最希望的！」這些聲音不斷隨著海風而來，撞擊著窗子格格
作響，而我卻哪兒也不能去，只能坐在加著鐵欄杆的窗口往外
望。家，離我好遠，哪一天我才能歡喜地踏上回家的路呢？

「妳一定要相信我，人家說台灣錢淹腳目，只要去撈它個兩三
年，包妳衣食無缺，父母也得以安享天年！」兩岸工作介紹所的
男子在我耳邊口沫橫飛地說著，讓我直想和他保持一些距離。

「真的嗎？」

「唉！妳們這些小丫頭就是這樣！扭扭捏捏的，怎麼做大事業！相信我沒錯啦！快些決定，我好幫妳安排去台灣工作的事，我還有其他生意等著我，老子沒有多少時間陪妳在這兒瞎耗！」

　　「好吧！」我吞吞口水，像是鼓足勇氣似的回答。

　　「太好了！回去等消息吧！下一個。」

　　就這樣，在海上漂流幾天，我和幾個同我懷抱著希望的女孩來到台灣，一個曾經幻滅無數個少女美夢的地方。

　　「不是這樣的！他們跟我說工作很單純的，我並不想用自己的身體來賺錢哪！」我歇斯底里地喊著。響亮的巴掌聲打碎了我的一切，也徹底地打醒了我，一切我已編織好的未來，就在瞬間化為幻影。

　　「由不得妳！想早點回去，就得聽我的！」一個滿臉橫肉、面目猙獰的粗曠男子直瞪瞪的看著我。

　　想著想著，不禁直打哆嗦。冬天要來了，不知道家鄉的老爸爸、老媽媽過得可好？我好想回去，回到你們身邊，在人前我總要強顏歡笑、受盡侮辱；回到這個怎麼也逃不出去的小房間內，我不知流下多少的傷心淚，是悔恨、懊惱，是難過與無助……

8. 雙調落梅風

馬致遠

雲籠月，風弄鐵，兩般兒、助人淒切。
剔銀燈欲將心事寫，長吁氣、一聲吹滅。

「一樣景色，兩般心情。」同樣是濛濛細雨，情侶漫步在其下是何等浪漫的景致啊，但如果情人吵了嘴或是心情煩悶，同樣的細雨可能會令人煩到覺得整個人都快發霉了。

在這個沒有月色的夜裡，遮住月光的雲，讓整個夜晚更加深沉。廊廡下被吹動的風鈴聲音清脆地響著，讓原本煩亂的心情更加浮動。夜深人靜之際，又沒有朋友在身邊可以聽我傾訴，想要把這些惱人的事情一一寫下來，才提筆，卻又不知從哪兒下手，無奈，不禁嘆了一口氣，沒想到卻把剛剛挑亮的燈光給吹滅了。

人是感情的動物，處在自然的世界裡，我們的情緒思慮都與周遭環境的變化息息相關。到底是人的情緒主導我們的感受，還是景致主導我們的情緒？

其實這沒有一個確切的答案，但心情不佳的時候，即使面對

再優美的景致，都會引起更多的牢騷。

　　有一部港劇講的是唐代大將郭子儀的兒子郭曖與昇平公主的故事，其中飾演郭曖的歐陽震華每當心情不好的時候，就會說「吃龍肉也覺得沒味」，這句話說的還真是對，我自己就有過這樣的情形，心情一不好，明媚的景致也會讓我覺得煩躁，別人無心的言行看在我的眼中更是刺眼總覺他處處與我作對，如此一來就大脾氣小脾氣不停地發，等到我風平浪靜，旁人可早就被我整慘了。

　　真糟糕！心對於人的主導真是凌駕一切之上，一不留神就會毀了自己身邊的許多事情，難怪人家要說「平心靜氣」，要平下心才能使氣靜啊！

9. 雙調潘妃曲

商挺

帶月披星擔驚怕。久立紗窗下，等候他。
驀聽得門外地皮兒踏，則道是冤家。
原來風動荼䕷架。

有一句現在常用的話兒，叫作「平時不做虧心事，半夜不怕
鬼敲門」。小時候不喜歡唸書，總是一邊唸一邊看漫畫，有時看
得正精采，冷不妨耳朵被提了起來……哎喲！被媽媽抓到了！

有了教訓之後，每次想看漫畫，都會先凝神靜聽周圍的聲
音，如果媽媽不在附近，就可以把書拿出來看，然後一邊看，一
邊注意聽是否有什麼風吹草動，往往突如其來的聲音就會弄得一
陣心驚膽戰，才明白原來是自己嚇自己。

情竇初開的大姑娘，拋開了矜持，背著父母偷偷的與那個小
伙子約在後花園裡相見。夜涼露重，站在紗窗下的大姑娘急得如
熱鍋上的螞蟻一般，心裡直犯嘀咕！

那個冤家怎麼動作比個老婆婆還要慢，怎麼還不來哩！要知

道，姑娘在這兒等他可是很冒險的呢！如果一個不小心被家人瞧見了，一旦問起，怎生解釋啊！

　　突然聽到門外兒好像有個聲音，大姑娘整個心都揪了起來，難道是他來了！怎麼好半天沒有信號呢？噯！原來是多事的風兒吹動荼蘼花架的聲音。

　　在傳統的社會裡，男女的成婚多由媒妁之言，一般父母是不會贊同子女們自由戀愛的，所以，在小說戲曲裡，我們常可以看到為了追求愛情的男女主角們飽受戀愛的折磨，歷盡艱辛才得成眷屬。

　　現代的社會雖然認同自由戀愛，但是為了學業，父母總是耳提面命的告誡我們不可以交男女朋友。其實，這也就往往成為戀愛男女中的加溫元素。電影羅密歐與茱麗葉的故事，不就是這麼展開的嗎？

10. 折桂令 九日

張可久

對青山強整烏紗。歸雁橫秋，倦客思家。
翠袖殷勤，金盃錯落，玉手琵琶。
人老去、西風白髮，蝶愁來、明日黃花。
回首天涯。一抹斜陽，數點寒鴉。

　　也許是昔日交通的不方便吧！所以常常會訂定些節日作為一家人團聚的機會，千百年來這個傳統一直留下來，影響著我們每個人，帶來了歡樂以及哀愁。

　　一年中秋因為學校有事所以不能回家，家人嘴上唸了唸，但礙於課業問題，也只能由著我。想到家人這時一定在烤肉、賞月，心裡就覺得悶悶的，覺得自己挺淒涼的，又不好說出口，灑脫的想反正一個人也可以很輕鬆自在，並不在意這些。說穿了是口不對心，看到有人開開心心的回家或是一群人去烤肉，老不是滋味，難道我的表演功夫這麼好！只好與報告為伍過中秋了。

　　突然，有個學弟敲敲房門，送來了幾個月餅，說是昔日的同

學因為社團聚會，所以託他帶幾個月餅給我。哈！終於有人注意到我了！這時什麼煩惱都拋到九霄雲外啦！說實在的，中秋就中秋嘛！跟平常的日子還不是一樣，搞了這個名堂，讓我不順應都很難，平白的心情悶，真是沒來由。這種苦還不只我一個人吃，元代的張可久也嚐過。

在深秋的重九裡，張可久依照往例登高遊賞，可是心情卻與往日不同，因為他已經不復少年時了。面對著青山，他調整了頭上的烏紗帽，掩飾著自己老大無成的尷尬。在這落寞的時刻，他格外的想家，想念著家人所給予的溫暖，即使身邊此起彼落著同伴們的勸酒聲以及琵琶的樂聲，也無法令他開心，只是惦念著自己的牢騷。我想，如果不是正好遇到重九，他也不會心情不好吧！

11. 朝天子　閨情

張可久

與誰，畫眉，猜破風流謎。

銅駝巷裡玉驄嘶，夜半歸來醉，

小意收拾，怪膽矜持，

不識羞誰似你，自知理虧，燈下和衣睡。

　　在外頭厮混了一晚的丈夫一回到家就被妻子識穿了真面目。「誰不知那銅駝巷是洛陽城中公子哥兒常常流連忘返的地方？耳邊似乎還能聽見巷中馬兒嘶鳴的聲音，你這不識好歹的傢伙竟然半夜喝個爛醉如泥回來。小心地為你安頓收拾，誰知你非但不領情，還如此折騰人，誰能像你一樣如此地不害臊！」妻子從丈夫一進門就不打算讓他耳根子清靜，數落個不停。自知理虧的丈夫，終究還是乖乖地在燈下和衣而睡，打算使個「以退為進」的計策！拿丈夫沒輒的妻子不知是否還在一旁叨叨唸唸？

　　元代的小令偶有像這種令人發噱、啞然失笑的生活小品出現，猶如現實人生時時上演的劇碼，大太陽底下果真沒什麼新鮮

事兒，男人偷腥這種事在民風頗為開放的元代社會，倒也見怪不怪，作家以一種漫畫式風格的筆調詮釋妻子數落丈夫的態勢，猶如天外飛來一筆，一種親切自然的情調穿插其中，讓人會心一笑。

　　作品的末尾，作者形容得尤為傳神。相對於妻子的惱羞成怒，自知理虧的丈夫為免事端擴大，只有沉默以對。張可久將丈夫在外一夜風流回來被妻子數落的糗模樣描寫得栩栩如生，對於妻子的百般容忍，丈夫竟然像呆頭鵝似的渾然無知，也難怪妻子氣得破口痛罵。夫妻之間的互動模式與默契於此展現，原來面對持續爆發的火山口，識時務者猶如文中的丈夫，摸摸鼻子倒頭而睡，如此動靜之間拿捏得宜，倒也是解決問題的方法之一。

12.

正宮塞鴻秋 代人作

貫雲石

戰西風幾點賓鴻至，感起我南朝千古傷心事。

展花箋欲寫幾句知心事，空教我停霜毫半晌無才思。

往常得興時，一掃無瑕疵。

今日個病厭厭剛寫下兩個相思字。

所謂「啞巴吃黃連」有苦是說不出啊！小的時候遇到什麼不開心的事情，大哭一場也就過了。年紀大了，如果心裡難過，卻只能暗自飲泣，流著淚，哭不出半點聲音，才能體會哭出來的感覺是多麼暢快，而更加珍惜能夠盡情表達的時刻。就像作者對於好朋友的思念一樣。

看到天邊的鴻雁南來，發覺時序已悄悄地進入秋季。突然間，想起了分別許久的朋友，不知道這段時間他過得好不好，也想告訴他自己的近況，心裡一急，恨不得馬上聯絡上他。

打開信箋，沾好了墨汁待要下筆，突然間腦中卻一片空白，只想著要寫信給他，卻不知要從何下筆。平日的文思泉湧，今天

上哪兒去了？

　　怎麼總是下不了筆？第一句要寫什麼好呢？是先說我有多思念你，還是問你最近怎麼樣？千愁萬緒我就只有一句話，就是想念你。

　　人有時候滿有趣的，在思念一個人而見不到面的時候，往往就有許多話要說；一旦見了面或是有機會聯絡，在那當下卻往往說不出話來。好比金庸《神雕俠侶》中楊過與小龍女分隔十八年，當兩人於絕情谷底再度見面時，當下卻說不出什麼話來，直到對坐一陣子後，方才理出頭緒把這十八的相思債娓娓道出。若以我們身邊的例子來說，可能就是追星族乍見偶像的時候可以形容吧！

　　人在氣急敗壞的時候往往會口不擇言，是因為當時腦中其實什麼也沒有，所有的氣全是利用情緒以及嘴巴來思考的，而這種話通常是最傷人的。上天賦予人的任何事物其實有箇中的道理，也許此時就是要我們先冷靜釐清頭緒而後行的一個指示吧！

13. 紅繡鞋

貫雲石

挨著靠著雲窗同坐，看著笑著月枕雙歌，聽著數著愁著怕著早四更過。四更過，情未足；夜如梭。天哪，更閏一更兒妨甚麼？

戀人之間相處的時光，哪怕是有一世紀這麼長，恐怕他們仍覺不夠，熱戀中的男女通常如是。值得玩味的是，兩人膩在一起最常做的事就是沒事做，兩人有如連體嬰般的緊緊挨著、緊緊靠著，聊著彼此熱衷的話題，偶爾接不上話，便你看著我我看著你，互相笑著，彷彿時間就此凝結。

元代管道昇曾寫過這麼一首詞：

你儂我儂，忒煞情多。

情多處，熱如火。

把一塊泥，捻一個你，塑一個我。

將咱兩個，一齊打破，用水調和。

再捻一個你，再塑一個我。

我泥中有你，你泥中有我。

我與你生同一個衾，死同一個槨。

蘇州話稱我為儂，顯然作家在詞中已抓住了戀人之間密不可分、如膠似漆的感覺，回應在熱戀男女的身上更形貼切不過。然而時間怪獸已在此時伸出爪牙，慢慢融化剝蝕已然凝結的時光。

聽著、數著、愁著、怕著，複雜的心情將兩人拉回無情的現實，要對彼此說的話還有很多，還捨不得離開對方溫暖的懷抱，何以時光快速穿梭，兩顆仍未滿足的心仍舊苟延殘喘，天真的期待「神啊！請再多給我一點時間。」

幸福的條件其實很簡單，只要你不那麼貪心的話，或許該給彼此一個空間，戀人並非「鏈」人，牽繫兩人的是一條能互相傳達體貼與關懷的感情線，而非互相局限對方自由空間的鎖鏈；同心非同體，要能站在對方的立場以同理心相待，幸福的佐料才能在戀人之間的相處加味。

14.

水仙子 展轉秋思京門賦

喬吉

瑣窗風雨古今情，夢繞雲山十二層，香銷燭暗人初
定。酒醒時愁未醒，三般兒挨不到天明。巉地羅幃
靜，森地駕被冷，忽地心疼。

　　無情的風雨將窗戶吹得嘎嘎作響，又是一個睡不著的夜。索
性倚靠著窗檯望向遠方天空，外面的世界霧濛濛的一片，黑暗之
中，微暗的路燈與襲襲微風交織出銀白色的水世界，滴滴水珠灑
落一地，從窗口望出去就像是在欣賞一幅活動式潑墨畫般灑脫而
隨性。眼前畫面不停流轉，思緒早已層層落入遠方迷濛夜色之
中，異鄉的景色總給人一股惆悵的感覺，說不上來也揮之不去，
乘著時光列車，回到無憂無慮的童年時光……

　　一天之中，最期待的時光莫過於晚餐時刻，一家子圍坐餐桌
前，小孩的話題始終不脫離學校生活的點點滴滴，小考大考的壓
力自是極力想抱怨宣洩的話題；大人們的話題無非是母親的柴米
油鹽醬醋茶和父親工作上的新鮮事；最有趣的是祖父母，總是以

著一副「我吃的鹽比你們吃的飯多」的過來人身分，提點這提點那，難怪人總說家有一老猶有一寶。晚餐成為家人情感交流的最佳時刻，讓人期待。假日自然是生長在鄉下的小孩最快樂的時光，控窯、河邊抓魚烤肉……夏天的夜晚，偌大的庭院少不了小孩的喧鬧聲和大人們的話家常。一切畫面恍如近在眼前，卻又疾速劃過，像是行進的列車，窗外的一切變得失焦而不甚真實。

畫面再度回到眼前風雨斜織的迷濛夜色，微醺的酒意已清醒不少，然心底一股說不上來的愁緒仍執著地不肯離去，回頭走向床邊坐下，好多年了，離家好多年了，不知家鄉的一切是否安好？難忘家人的絮絮叨叨，這些聲音不知從何時消失，記不起來了，輾轉難眠的夜，冰冷棉被中的我弓著身子瑟縮一角，心一陣一陣的揪得我好疼，冷落的清秋時節，好想知道千里外家鄉的一切是否都好？

15. 中呂上小樓 客情

景元啓

欲黃昏梅梢月明，動離愁酒闌人靜。

則被他簷鐵聲寒，翠被難溫，致令得倦客傷情。

聽山城，又起更，角聲幽韻，

想他繡幃中、和我一般孤另。

現在的時間是晚上八點五十分。有的時候，我會這樣看著時間，想著所思念的人現在正在做些什麼。猜猜，如果我現在正在想他，是否他也同時想著我。

電視劇中常常會用一個橋段，就是當男或女主角想起對方的時候，就在此時電話鈴聲也響起，來電的，就是那個人。「心有靈犀」、「心電感應」所說的，應該就是這樣吧。

「在離家的旅途中又到了黃昏時候，看到家家戶戶傳來的陣陣香味，杯盤聲、話語聲、童稚的笑聲，就格外想念自己的家，想念等待自己的妻子。客舍無聊之時藉酒消愁，卻是怎麼也壓不住那份思念，早早休息吧！

坐到床上，突然感到一陣涼意，孤單的感覺湧上心頭。窗外山城的打更聲幽幽地傳入，想必這個時候的她應該也跟我一樣覺得孤單吧！」

因為在乎，所以會關心對方的感受。曾經自己也貪玩過，騎著摩托車到處跑，以時速一百的態勢飛奔在大街小巷中，雖然很幸運的沒發生事情，畢竟是瞞著家人，事後心裡總有點忐忑不安，想著如果當時發生了事情怎麼辦？這樣的情況還不止一次，總是先斬後奏圖個一時痛快。

直到有一天出遊前，跟同學看鬼屋探索的節目，節目中介紹某家店的故事，現場有來賓被上身，只見那人哭著在地上說她很後悔不該因為意氣用事服毒自盡，家裡還有小孩，她放不下。聽到這段話，想到自己的行為，一旦有意外，不僅我捨不得家人，家人又情何以堪？晚上徹夜難眠，不停的祈求上天保佑平安，下回絕不敢這樣了。

先斬後奏說真的玩起來心裡也不痛快，怕出事讓家人傷心，還是乖一點好，想想如果一旦有了孩子，相信我也不希望有這樣子的事情發生。多多站在對方的立場去設想、體會，真的很重要。

16.
中呂山坡羊　抒懷示友人四首之四

湯氏

羈懷縈掛，人情澆詐，相逢休説傷時話。
路波蹅，事交雜，秋光何處 堪消暇。
昨夜夢魂歸到家，田，不種瓜；園，不灌花。

　　一個假設性的問題。如果有天遇到好久沒見面的老朋友，而你們正好有時間可以坐下來喝茶聊天，那麼，你會把近期搞得自己心煩不已的事情跟朋友說嗎？以理性的我來說覺得不要說比較好，因為還要重頭解釋，挺麻煩的。再者，好不容易見了面，又聊些傷神的事情，好像有點辜負了光陰。

　　湯式跟我好像有同樣的想法。他在寫給朋友的曲裡敍述到，他一路行來，真覺得一樣米養百樣人，世間路的難走居然就肇因於此。如果難得有機會跟老朋友共聚，還是多聊聊彼此的知心話，不要把光陰浪費在煩心事上。

　　可是突然間，他又話鋒一轉。前途上滿是坑洞，許多事情交雜在一起，這美好的秋光，要到什麼時候才能真正好好的欣賞

呢？在這煩心事繚繞的時刻，昨夜裡，我居然夢見了久未歸去的家園，田裡因爲沒時間好好經營，早已荒蕪。這下子，更是愁上加愁。最後，他還是說出了不開心的事情。

　　人有時候很奇妙，老是口不對心。也許這個人，應該更明確的指出是我吧！明明是個很戀家的人，照理來說跟家裡的關係好，就會什麼都說才是。可是，我卻只會把開心的一面給家人看，不開心時，家人的關心似乎讓我想躲開。雖然秉持著不要向朋友抱怨的想法，但心中還是希望有人會發現我的不開心而主動關心。

　　所以，雖然說老朋友見面，時間寶貴，但是……心口不一的我，還是免不了要脫口哀聲嘆氣一番。理性歸理性，情緒一到時還是發洩一下比較好吧！

17. 小桃紅

楊果

採蓮人和採蓮歌，柳外蘭舟過。不管鴛鴦夢驚破。
夜如何！有人獨上江樓臥。傷心莫唱，南朝舊曲，
司馬淚痕多。

　　江南水鄉的生活與景色一直都是詩人們描寫的對象。採蓮女
子的窈窕姿態和輕快的採蓮歌，更是詩人們大力歌頌的重點。採
收蓮子或是摘取蓮花，所表現出來的都是水鄉人民辛勤生活的快
樂象徵。然而詩人所見所感真的都是那麼快樂嗎？我們來看詩人
楊果對於他眼中所見的江南水鄉的內心有何感想。

　　這首小令分前後兩半。前半寫詩人早晨時看到江南水鄉的情
景。採蓮女子哼唱著輕快的小調，駕著小船，划入蓮花叢深處，
天真活潑的歌聲，驚醒了沉睡夢鄉的交頸鴛鴦。江南景色宜人，
採蓮女天真活潑的歌聲，讓人充滿恬淡喜悅的心情。白天的江
南，讓人心情愉悅舒適。那麼江南的夜晚又是如何呢？晚上，詩
人夜不能寐，獨自來到江樓上。樓外傳來陣陣的歌聲，歌女唱著

前朝舊曲，引起詩人思懷故國亡金之情，他深深感到傷心，希望歌女不要唱那南朝舊曲，怕聽了後會止不住流淚。

　　同樣都是聽到歌聲，白天與夜晚的心情竟是如此不同。白天眾聲喧嘩，人來人往，也許感受不到寂寥的心情。只有夜深人靜的時候，我們才能靜下心來檢視自己的心情。尤其自己孤獨的時候，又被歌聲挑起心中過往的傷痛，哪怕歌聲是如此的歡樂，只會讓自己更加悲傷而已！就像唐代詩人白居易聽到琵琶女哀怨的音樂與故事，不由得興起了「同是天涯淪落人」的感慨而落淚，而詩人的淚不也是因「天涯淪落人」而流下的嗎？不同時空的人，卻都因音樂而有感慨，所嘆的無非都是心情！

18.

慶東原 泊羅陽驛

趙善慶

砧聲住，蛩韻切，靜寥寥門掩清秋夜。

秋心鳳闕，秋愁雁堞，秋夢蝴蝶。

十載故鄉心，一夜郵亭月。

　　客居他鄉，在寄宿的客棧裡頭，聽到遠處的搗衣聲此起彼落。隨著冬天的腳步一天一天的接近，鄰近的人家紛紛將衣服洗好，為的是將衣物送到最前線的家人手中，使他們有溫暖的衣物可穿，能在遙遠的一方感受家庭的溫馨，不再寂寞孤單。

　　然而自己身在他鄉，孤孤單單的生活著，聽見搗衣聲不禁想起故鄉的家人，不知家中的人是否也如我一般的思念彼此。草叢中的蟋蟀不知怎麼的開始鳴叫，若斷若續，不絕於耳，使得秋天的夜晚更形寂寥，也更凸顯自己的形單影薄；思鄉之情油然而生，使人徹夜輾轉不得成眠。

　　此時功名事業的心已衰頹、淡漠了，每當想起當年立功邊塞的壯志，只是徒增愁思而已，誠如南宋詞人張孝祥所言：「念腰

中劍，匣中箭，空埃蠹，竟何成」。

　　以往的雄心壯志已不再，回想當初，理想至今只剩一場空。當年希望在國事上有所作為，到頭來不過只是一場夢而已。回想起多年來的漂泊生涯和事業無成，秋心、秋愁、秋夢，在在的表現出蕭索的意緒和落寞的羈愁。

　　在愁不能寐的秋夜裡，望著郵亭之月，離鄉十年的無盡思念，再也關不住地傾巢而出。

19. 節節高 題洞庭鹿角廟壁

盧摯

雨晴雲散，滿江明月。風微浪息，扁舟一葉。
半夜心，三生夢，萬里別。悶倚篷窗睡些。

　　一句「半夜心，三生夢，萬里別」，點出了時間與空間的交錯感，像是作者心中複雜難理之情緒。與家鄉的距離隨著旅人所乘的扁舟漸行漸遠，夜深人靜之時，點點離愁別恨就在此時一一湧現，風微浪息，扁舟浮浮沉沉，此時想到人生如夢，想到遠在千里外的親人，又是一個愁悶無奈、難以入眠的夜！

　　異地遊子的思鄉愁緒容易受身旁事物的無意挑起，那是一種難理的情感，就像被花貓弄亂的毛線球，要理它好一陣子才能恢復原貌，但有時它就始終亂在那兒，因為用力扯的緣故，讓死結打上一個又一個，最後只有如作者所說：「悶倚篷窗睡些」，無奈之餘，就在醒睡之間隨它去吧！

　　或許突然來個奇遇，試看：「微風拂柳送清波，獨影孤舟渡夜河。把酒高歌旅愁湧，舉杯慨嘆苦憂多。

忽聞彼岸歌聲起，遠望花亭樹影娑。陌客杯樽邀共聚，及時行樂莫蹉跎。」

眼前同是異鄉景色，看在他人眼中竟是有別於哀景的樂景，原來，因著看的人心境不同，相同的景象亦有所變換。同樣的道理，影響人們思緒最大的因素不是身旁的景象或人事物，而是人心的本身。

思鄉情緒的作祟是異地遊子無法避免的，「悶倚蓬窗睡些」是其症候群，「及時行樂莫蹉跎」是一帖不錯的藥方，這種無法治癒的思鄉病，唯有用「心」、用你最原始的心去感覺，這樣的離愁別恨或許能化作生命中的活水源泉，淺嚐即可，甘或是甜，了然於胸。

20.

寨兒令

無名氏

駕帳裡，夢初回；見獰神幾尊惡像儀，手執金錘，
鬼使跟隨，打著面獨腳皂纛旗。犯由牌寫得精細，
劈先裡拿下王魁，省會了陳殿直，李勉那廝也聽
著：奉帝敕來斬你伙負心賊！

負心的主題，常是文學作品裡喜愛宣揚的主題，不管詩、
詞、曲，甚至在戲劇表演當中也是作家喜用的創作主題，像文中
提到的王魁、陳殿直、李勉，都是古典戲劇裡頭出了名的負心
漢，不落俗套的，這些人物都是在考取了功名、得了權勢富貴之
後，狠心拋棄糟糠妻，或是背棄了曾經幫助過他的紅粉知己。不
變的定律是，當這些所謂的正室或是紅粉知己受了委屈之後，多
半是苦往肚裡吞，所有的怨與恨，都只能任其在心中來回交戰。
更甚者，這些女子如果不幸成為這些負心漢追求功名利祿下的犧
牲品，成為冤下魂，於是，女子便化為怨氣深重的厲鬼前來索
命，而這「遲來的正義」便成為亙古不變的故事結局，徒留淺淺

的哀傷與無法挽回的遺憾在觀眾的心中繚繞！

　　這首作品是以俏皮的手法描寫出女子在夢中見了幾尊面目猙獰的凶神，要前來捉拿負心漢，而掌握生殺大權者在這位女子身上，女子便狠下心來，命令擒下這些負心漢，以消心頭之恨！從女子憤懣的心情不免可以看出古代女子對忠貞愛情的渴望與追求。

　　曾幾何時，世代變換，在愛情國度裡頭的背叛者不再是只有男性而已，值得深思的是，看待一段感情的消逝，這些男男女女反倒像是面目猙獰的惡鬼，雙雙惡言相向、詛咒對方，以往兩人相處時的甜蜜頓時消失殆盡，只剩下怨懟與憤懣凝結在沉重的氛圍當中！

　　我們都知道，愛情沒有對與錯，如果不愛了，就眞的不愛了，再勉強就是與自己過不去，如果，給對方一個衷心的祝福，也給自己追求下一個幸福的機會，反倒是個利多也不錯的主意，還沉浸在失戀當中，久久不能自己的人兒們，打起精神來吧！

回歸生活本質

現實世界的複雜疏離了你
我，所謂明心見性只在簡
單樸實的生活中能找到。

1. 鸚鵡曲

白賁

儂家鸚鵡洲邊住，是箇不識字漁父。

浪花中、一葉扁舟，睡煞江南煙雨。

〔么〕覺來時、滿眼青山，抖擻綠蓑歸去。

算從前、錯怨天公。甚也有、安排我處。

「我家就住在湖北漢陽西南長江中的鸚鵡州，是個不識隻字的漁父，我生活的範圍就是這條滾滾長江，常常駕著一葉扁舟，隨心之所至，想去哪兒就去哪兒，沿岸風光我可以如數家珍的告訴你，這就是我嚮往的生活，可以在煙雨風波中安然入睡，在青山綠水間任意逍遙，悠然自得、曠達而自適，面對這樣的山川景色，不識隻字的我，倒也幽幽吟起古人的詩句：

朝辭白帝彩雲間，千里江陵一日還。

兩岸猿聲啼不住，輕舟已過萬重山。

眼前美景隨時變化，盡收眼裡，總讓人不捨別過頭去，害怕就是錯過眼前一切。但有誰能瞭解我真正的心情呢？世事難料，

只能嘆時不我予、懷才不遇，終日勞勞碌碌，不如選擇做個不識字的煙波釣叟來得悠然暢快！

抖抖綠簑衣，高唱著「不如歸去呀！不如歸去，此處不留爺，自有留爺處。」看來老天爺還是疼惜我的，讓我能夠縱情山水，不問世事，這樣的隱逸生活，讓我過得自在又逍遙！」

自《楚辭·漁父》起，「漁父」這一名詞一直就是中國文學中隱逸之士的象徵，隨各個時代都有佳作出現，傳唱當時。本曲便是以一個漁父的口吻，抒寫了隱逸生活的曠放與自適，說是「曠達」，其實仍有一絲「放不下」的心情，政治耐人尋味之處就在此，總有一種吸引人的力量，當光環退盡、少了時時讓人拱在手心上的地位時，難掩的虛榮心仍像蛀蟲作祟般，時時啃蝕游移不定的心情，看盡世態炎涼，真正為國為民謀福利的「政治家」與互相批鬥、只會作秀的「政客」就在一線之間！作家是否真正看清這一點，真正放下了？文中隱約透露出的桀驁不馴之氣，似乎說明了一切。

2. 醉太平 歸隱

汪元亨

度流光電掣，轉浮世風車。
不歸來到大是痴呆，添鏡中白雪。
天時涼捻指天時熱，花枝開回首花枝謝，
日頭高眨眼日頭斜。老先生悟也！

　　對於時間的流逝，人們常有巧妙而貼切的形容，作家在作品中不斷地運轉時光機器表現出時光的易逝，舉凡如「度流光電掣，轉浮世風車」、「捻指」、「花開花謝」、「眨眼」等，時間不斷促使人們的腳步前行，然而再度回首時，年輕力盛的青年已變為白髮斑斑的老頭，怎麼能不了悟宇宙自然變化的大道呢？作家了悟出人生苦短的道理，痛感光陰迅逝、世事浮沉變化無常，下定決心離開是非不分的黑暗官場，認為不退隱的才是不智之人，雖到老年才看清宦海浮沉的道理，但比起那仍舊深陷其中而不自覺的人聰明多了。

　　曾經聽過一位長者這麼看待人生，他說：「我將自己的生命

定在五十歲時結束，如果我活超過五十歲，每多一年都是我賺到的！如果能以這樣的態度過日子，就算此時此刻我已不在世上也了無遺憾、無所牽掛！」他的一番話，讓我有極深的感觸，雖無法全然體會，但對人生也有了警惕。人應當要「活在當下」，這是最真實也最易掌握的。當你在回憶中反省、期勉未來要如何如何過的同時，「現在」，最值得珍惜的「現在」，已經在過去和未來的拔河中犧牲了，人們往往不自覺，就這樣不斷循環地在回憶中痛定思痛，在未來的藍圖裡，畫上一筆又一筆的期許和憧憬，但早已預見的是，這樣的循環勢必持續著，而藍圖終究只是一張無法完成的藍圖。

覺悟與否，就在這個當下，它不會是個遙不可及的夢，如果你夠聰明的話。

3.
四塊玉 恬退

馬致遠

酒旋沽，魚新買，

滿眼雲山畫圖開，清風明月還詩債。

懶散人，經濟才，歸去來。

「酒旋沽，魚新買，滿眼雲山畫圖開，清風明月還詩債。」退隱後的馬致遠過著不一樣的生活，買了酒和魚往回家的路途中，雲色山景有如圖畫一般在眼前開展，這一切就是詩人筆下最好的題材啊！

李白在春夜宴從弟時豪放的說出「大塊假我以文章」，這句話果然一點也不誇張，對此良辰美景，若不趁此刻來欣賞吟詠更待何時呢？

拒絕為官的莊子曾經問楚王的使者一個問題，他問在楚國神廟中受人供奉的大神龜是喜歡在神廟裡，還是喜歡待在泥地上爬？使者回答說，當然是喜歡在泥地上爬囉！

是啊！在泥地上爬多麼快樂啊！

馬致遠自嘲說自己本來就是一個很懶散的人，沒有什麼偉大的經國濟民的抱負，倒不如回歸田園，享受在泥地上爬的樂趣。

　　「歸去來」這個詞語最早出現在晉代陶淵明的〈歸去來兮〉之中。對一向以仕宦為終生職志的中國士人來說，是一句故作瀟灑的話，因為他們十年寒窗，飽讀詩書，為的就是有朝一日能夠躋身於廟堂，改換門楣，名留後世一旦這條路行不通了，則會讓他們頓時無所適從。所謂「達則兼善天下，窮則獨善其身」，在一個混亂的局勢裡，能屈能伸也許就是最好的因應方式。

4.

雙調蟾宮曲 嘆世

馬致遠

東籬半世蹉跎，竹里遊亭，小宇婆娑。

有個池塘，醒時漁笛，醉後漁歌。

嚴子陵，他應笑我；孟光臺，我應學他。

笑我如何？倒大江海，也避風波。

　　作者馬致遠開篇即言道自己在仕途上多年經歷升沉冷暖後的大徹大悟，而在追逐名利、蹉跎歲月後所做出的新人生選擇，即是歸隱一途，為自己開創美好的未來。隱逸之風，自古以來源遠流長，所持的理由雖會有所不同，然對於自然的嚮往皆是殊途同歸。

　　居住的庭院外，有竹林青翠茂盛，還有林中的小亭和林邊池塘，單純而簡樸，正是修養身性的好地點啊！沒有外在的喧囂與俗務干擾，在這小天地裡自由自在、弄笛醉歌，享受大自然的美好，好不快活!自在的徜徉於林野之間，無拘無束。正因為如此，中國歷史上歷來不乏有隱逸的隱士，如嚴光、孟光臺等都是，不

眷戀於名利地位，辭官歸隱，過著恬淡的生活。如讓他們見到在這世俗裡為官，卻是心遊江湖的我，是否會笑我這種歸隱的方式；或者我應要效法他們這種行徑，為自己找一個生活的轉機。然作者認為風波江上，無處不險，只有「跳出三界外，不在五行中」，才能達到心中的平靜與淡泊。雖然自己當時在朝為官，卻是心在江湖、清心寡慾的為官，自可全身而退，所謂「問君何能爾，心遠地自偏」啊！

5. 清江引 野興二首

馬致遠

樵夫覺來山月底，釣叟來尋覓。你把柴斧拋，我把
漁船棄。尋取個穩便處閑坐地。

綠簑衣紫羅袍誰為你，兩件兒都無濟。
便作釣魚人，也在風波裡。
則不如尋個穩便處閑坐地。

　　馬致遠的這兩首〈清江引〉十分具有特色。在中國的古典文
學中，通常以樵夫、漁父作為隱居的象徵，而馬致遠的這兩首作
品，竟是以漁父邀樵夫另尋安穩之地為主要內容，先是樵夫一覺
醒來，已是月落山底，而漁父來尋找樵夫，要邀他拋棄漁樵生
活，找個安穩方便的閒適之地住下，表現了亟欲逃離艱危世事之
情懷。讀了這首小令，不禁令人想到張志和的〈漁父〉：
　　西塞山前白鷺飛，桃花流水鱖魚肥。青箬笠、綠簑衣，斜風
細雨不須歸。

同樣是寫遠離塵囂之人，張志和筆下的漁父，多了一份閒適自得之樂，即使置身斜風細雨之中，仍能欣賞山光水色，且安之若素。

　　馬致遠筆下的樵夫、漁父，則更為積極厭世，他們不談富貴榮華，亦不談風景優美與否，只是更想逃離現世的風風雨雨，作者以綠簑衣代指漁人或隱士，相對映出紫羅袍的入仕官人，兩者都對於安穩的生活沒有幫助，因為即使做個釣魚人，也是身處顛簸的風浪危險之中，因此想找個「穩便處」，安安靜靜的過著無人打擾的閒適生活。更體現了現實世界的險惡，為人們處世的艱難做了突出的表現。

　　反觀現在的社會，現實世界較以往更加複雜，人與人之間更加疏離，即使不離群索居，也不見得會有所互動；而和我們有所互動者，卻又多半不夠真誠，甚至勾心鬥角，就算是身在高位，也無法高枕無憂，反而應知「高處不勝寒」的道理。原來早在馬致遠的時代，就已經對此現象有所感發了，這樣的世界，難道不會讓我們有所反省嗎？

6. 中呂十二月帶堯民歌 寒食道中

張養浩

清明禁煙，雨過郊原。

溪邊杏桃，牆裡秋千。

如聞管弦，流水濺濺。

人家渾是武陵源，煙靄濛濛淡春天。

遊人馬上裊金鞭，野老田間話豐年。

山川都來杖屨邊，稱了閒居願。

晉代文學家陶淵明創造了一個桃花源，那種安居樂業、與世無爭的生活讓人相當的羨慕，不禁替那漁夫嘆息，如果當初他不離開桃花源，也許也能過著神仙般的生活了。

除了創造出來的仙境之外，人世間是否也有這樣的仙境呢？作者張養浩在寒食踏青的時候找到了。

「在清明禁煙之際到郊外走走，行前曾經下過一場雨，所以空氣中瀰漫著一股清新的青草香。路上的景致不是很豐富，只有幾

株杏桃樹和幾户人家，簡單而舒服，加上潺潺的水流聲更襯托出一種超脫紅塵的寧靜清閒。

難道這讓我覺得簡單而不爭的感覺，就是所謂的武陵桃花源嗎？」

在繁忙的工商社會中生活的人們，最需要的就是一份寧靜與閒適，所以，許多住宅廣告都以標榜享受高品質生活，親近自然山水，充分擁有自由的自在生活等等為主要訴求。

曾經聽人說加拿大是個最好的養老所在，風景既美，生活又悠閒，也許在步調緊湊的生活中大家都累了，因此，與其繁複不如追求一份簡單純樸。而最高的境界應該有如嚼菜根般越嚼越有滋味，而非以花俏手法來引起食慾。

我沒有嚼過菜根，但是我體會過那種滋味，吃過許多豐富精緻的美食，可是有時卻有種空洞的感覺，吃久了都會覺得膩，只有最簡單的稀飯、醬菜能夠讓我百吃不膩，且越吃越有味。或許就是因為「簡單」的緣故吧！

南呂玉交枝帶四塊玉 閒適

喬吉

山間林下，有草舍蓬窗幽雅。

蒼松翠竹堪圖畫，近煙村、三四家。

飄飄好夢隨落花，紛紛世味如嚼蠟，

一任他蒼頭皓髮，莫徒勞心猿意馬。

自種瓜，自採茶，爐內鍊丹砂。

看一卷道德經，講一會漁樵話。

閉上槿樹籬，醉臥在葫蘆架，僅清閒自在煞。

　　小時候父母耳提面命，花費了許多的血汗錢，給我們請家教、上補習班，學英文、學電腦……說穿了都是為了讓我們將來能在社會上佔有一席之地。而古時候的人有所謂的「十年寒窗無人問，一舉成名天下知」，一旦求得一官半職，那麼一生就受用無窮了。富裕的生活人人愛，卻也有人獨獨鍾意無爭的田野，田園生活真的這麼好嗎？

　　在林蔭之下有間草屋，雖然簡樸卻十分清雅。由遠處看來有

蒼松有翠竹，幾間小屋坐落期間，這景致就像圖畫一般。在這裡所做的夢都像落花一樣的美，想到世俗的紛擾，就覺得像是嚼蠟一樣索然無味。即使滿頭白髮，也是天生自然，而非勞心於俗務，這種感覺真是輕鬆又自在。

自己種瓜來吃，摘採自己種的茶葉，在丹爐內煉著丹藥。想看書的時候，就看看老子的道德經，不然就是跟山農樵夫講些莊稼事。想睡了就闔上槿樹籬笆，躺在葫蘆架上，多麼的悠閒自在啊！

看到這樣子一派悠閒的生活，會讓人心生嚮往。但是，環顧現實卻是頗令人沮喪。認真的想一想，這種生活如果真的讓我們過一輩子的話，可能也會悶壞了。

蘇轍的〈黃州快哉亭記〉中提到「使其中不快，將何往而非病？使其中坦然不以物傷性，將何適而非快？」

快樂其實就在我們的心中，只要不受外物牽，任何時候都可以得到最閒適的生活，並非一定要依靠著環境才能得到。

8. 水仙子 自足

楊朝英

杏花村裡舊生涯，瘦竹疏梅處士家，深耕淺種收成
罷。酒新篘，魚旋打，有雞豚竹筍藤花。客到家常
飯，僧來穀雨茶，閒時節自煉丹砂。

　　表現安適情懷的作品，一直是元曲中最為人所津津樂道的主
題，但實際上，作家這樣的表現，多半為個人主觀意識抒寫，或
是對現實社會的不滿所做出的反諷與理想投射。人生百態本來就
如萬花筒中的世界，不管從何種角度看，都會有不一樣的感受，
有時色彩斑斕而炫目，有時卻晦澀而幽暗。
　　一次偶然的機會，在翻看童年的照片時看到一張在外公家三
合院前留影的照片，照片中的我留著小瓜皮頭，旁邊有幾個舅
舅、阿姨的小孩，畫面看來像是孩子王兵團，大家做著自創的鬼
臉，握著手中這張有些泛黃的照片，不禁會心一笑。接著，在我
們周圍的景象卻吸引了我的目光，彷彿乘上時光機，我回到陪伴
我走過無數童年時光的三合院……

廣場上是一片如波浪般層巒起伏的金黃稻海，正接受著陽光的洗禮；外婆、舅媽們正低頭鏟著地上的稻米，頭上戴著斗笠的她們，仍舊遮掩不住黝黑的臉龐與滴滴欲滑落的汗珠。外公、爸爸、舅舅們挑著一擔擔剛收割的稻子，走在田埂路上，每一腳步都顯得穩重而有節奏。調皮搗蛋的表哥、表弟吆喝著我們去田裡焢窯，一群孩子在田間奔跑歡呼著……好不快樂的童年時光。畫面倏乎變換，眼前農家樂一般的鏡頭竟然失焦了，只能懷念，懷念故鄉的泥土香，還有雞鴨成群在廣場上悠閒散步的模樣，但在腦中翻轉的畫面，一幕幕猶如手上握著的這張照片，模糊了，也泛黃了。

　　如今，生活步調因為忙碌而顯得緊湊，日子雖一天天過，但是一種虛無感卻始終存在著，時間快速的流轉，也讓我們在這樣的時間流裡跟著轉動，來不及抓住一些該掌握的事物，時間轉呀轉的，隨著沖刷而去的便是屬於自己的記憶和感受的能力，如果時間能就此停住，就讓自己好好感受如文中「客到家常飯，僧來穀雨茶，閒時節自煉丹砂」的悠然閒適，哪怕是時間短暫，只願能牢牢抓住這樣的瞬間。

9. 普天樂

滕斌

嘆光陰，如流水。區區終日，枉用心機。
辭是非，絕名利，筆硯詩書為活計。
樂齏鹽稚子山妻。
茅舍數間，田園二頃，歸去來兮！

「心機」二字，道出人心的不古、事態的炎涼。人總要經過一番驚天駭地的磨難之後，才能真正的放下，願意真正做到「辭是非，絕名利」。

前陣子在電視上看到一段專題報導，喧騰一時的陸正綁票案再度從記憶深處被勾起，這是多少同是經歷相同事件的天下父母心中永遠的痛，但讓我印象深刻的是陸爸爸、陸媽媽的「捨得」，雖然他們曾經為了心愛的兒子到處奔走，為的只是討回一場公道，儘管他們費盡心機，總是不得不屈服於現實環境的變化，但他們並非真正的屈服，而是透過另一種方式延續了對兒子的愛。作家面對功名利祿，選擇「辭」與「絕」，得到了難能可貴的天

倫樂；陸爸爸、陸媽媽面對現實的殘酷，選擇「捨下」，找到永恆思念愛子的方式，其中相同的是，二者皆明白「能捨即能得」的道理。

如今，他們夫婦二人衷情於園藝工作，將對兒子陸正的愛延續於大自然的花草樹木中，因為他們瞭解大自然循環不息的道理，只要細心呵護，「愛」便能生生不息的延續下去。作家對於功名不再執著，寧願粗茶淡飯，快快樂樂地伴隨在妻小身邊，不也是另一種形式的「放下」？

「區區終日，枉用心機」的結果，只會層層落入是非鬥爭的世俗塵網之中，所謂「柳暗花明又一村」，真正棄絕身邊莫名的牽絆，才能在另一片天地中找到一直緊握在掌心中的執著！

10. 雙調蟾宮曲

盧摯

沙三伴哥來嗏！兩腿青泥，只為撈蝦。

太公莊上，楊柳蔭中，磕破西瓜。

小二哥昔涎剌塔，碌軸上淹著個琵琶。

看蕎麥開花，綠豆生芽。無是無非，快活煞莊家。

「沙三伴哥在溝塘撈蝦，背上火烤，腹部水熏，既累又渴的拖
著沾滿青泥的雙腳到楊柳樹下稍作休息，急不可耐的吃著西瓜消
消暑氣，這在炎炎日曬之下，是何等幸福的事情。躺在一旁石滾
上的小二哥，眼裡看著清涼的西瓜，不禁大啖口，水但在不受邀
約的情況下擺起架子，故心中越想吃就越不敢開口，只好作「望
梅止渴」狀來為自己消消暑氣與悶氣。」

作者將農村的景色與簡單的生活，藉由通俗的口吻呈現出一
幅鄉村風俗畫，在曲末公開道破了曲的主旨：「看蕎麥開花，綠
豆生芽。無是無非，快活煞莊家。」蕎麥在三月開花，綠豆在仲
夏生芽，從春至夏，在這寧靜又美好的大自然中，人們撈蝦、舂

耕、夏種，雖然辛苦卻很快活，簡簡單單的生活，沒有太多的是是非非，生活自然單純閒適。現今面對車水馬龍、繁鬧喧囂的都市，有閃爍的燈光、有動人的事物，但總有太多的是是非非，使人們都忽略了一些美好的事物；而原始生活的美好與清新是需要正視的。

11. 沉醉東風 閒居

恰離了綠水青山那答，早來到竹籬茅舍人家。野花
路畔開，村酒槽頭榨，直吃的欠欠答答。醉了山童
不勸咱，白髮上黃花亂插。

一幅充滿鄉村田園野趣的生活畫面，經由作家細膩筆觸的描
繪，活脫脫的呈現在眼前。我們看到了屬於鄉村景致的綠水青
山，一片綠意盎然，再把視線由遠拉近，來到了竹籬茅舍的農舍
人家，路邊野花開得正盛，新釀的酒香氣濃烈，喝得人暈陶陶，
迷離恍惚之中真不知是花香還是酒香，悠然的氣息不禁讓人流連
忘返。更有趣的是淘氣的山中孩子，不但不勸客人少喝幾杯，還
調皮地在客人頭上插上一排排的菊花助興玩樂。

再將時光拉回到現實，細看周圍，不禁讓人心生徒嘆。曾幾
何時，人與人之間的距離已被幢幢矗立的高樓大廈隔絕了，人心
猶如冷冰冰的鋼筋水泥，冷酷而失去感受力，不再有似曾相識的
親切感。然而時光流逝依舊，車水馬龍的世界、川流不息的人

群，一幕幕情景迅速地在眼前劃過，讓人眼花撩亂，更讓人措手不及，彷彿你我皆是生命中的過客，留予彼此僅剩匆匆一瞥與來不及看清的模糊影像。一幅心中期待已久的畫面，已然流失在記憶的洪流之中。

　　現實生活當中，人們因為忙碌而擾亂了原有的生活秩序，害怕停下腳步的原因之一，或許是因「悠閒」開始讓人變得無所適從，因為失去對環境周遭的感受能力；人與人之間也因空間的隔絕而產生疏離感，一種不安全感便油然而生，消除恐懼的方法只有再讓自己像陀螺般不斷地旋轉。也許，我們所欠缺的就是頑童般的赤子之心，有時候以不同的角度看世界，帶給我們的會是另一番全然不同的體會，學學淘氣的山中孩子吧！

南呂四塊玉 閒適

關漢卿

南畝耕，東山臥。
世態人情經歷多，閒將往事思量過。
賢的是他，愚的是我，爭什麼？

年輕氣盛是年輕人的本錢，就是氣很旺，所以動不動都可以
氣得跳腳，尤其是碰到一些讓人不服氣的事情，更會讓人氣到
「一佛升天，二佛出世」，哪來這麼多氣？我也不知道啊！也許就
是爭吧！

人家說見賢思齊，晉代的謝安早期曾經在東山上隱居。如
今，我也來吧！造一間小茅屋，自己耕種自己吃，生活簡單又愜
意。

也許有人會說，明明是個好手好腳的人，為什麼要埋沒在莊
稼中而不圖效力朝廷呢？

有誰不想啊！但是宦海浮沉，大家為了名利明爭暗鬥，成天
勾心鬥角的就是想要算計別人來顯出自己的厲害。這種事情呦，

我看太多啦！仔細想一想，其實也是很累人的事情，當自己也陷入其中的時候不感覺，如今抽身出來看，很多事情真的沒有對錯之分。像孔門弟子曾參是個多麼有品德修養的人，但只為了三人成虎，使得曾母以為曾參真的殺了人，倉皇的丟下手邊正在紡織的布奪門而出，就怕被人抓到。能說曾母的作法錯了嗎？

算了吧！既然事情都分不出是非黑白了，那在這裡面，我還能分出個什麼對與錯？要厲害就讓他們去厲害吧！

有時覺得能在紛爭中泰然處之的人，真的是太厲害了，也覺得在爭名奪利中能夠置身事外、淡然處之的人，真是太偉大了。因為，我就做不到。但這是一種高竿，衷心的希望我自己有一天也可以這樣子處事，那麼的從容不迫，運籌帷幄，就在談笑間把事情處理好。不過，首先得要改掉我這毛毛躁躁的脾氣。

13. 南呂四塊玉 閒適

關漢卿

舊酒沒，新醅潑。

老瓦盆邊笑呵呵，共山僧野叟閑吟和。

他出一對雞，我出一個鵝，閑快活。

　　生活在現代都市的我，真的很難體會鄉下農村的生活。記得曾經聽說有人以為西瓜是長在樹上的，聽得我哈哈大笑，但仔細想想，有許多植物是長在什麼地方，說真的我自己也不知道，原來我也是個只吃過豬肉卻沒看過豬走路的人。

　　城市的生活對我們來說是非常方便的，有時經過高速公路看到周圍的農村屋舍，就會想到如果我住在那裡，做許多事情不就很不方便，如此的生活還會快樂嗎？

　　早先釀的酒已經喝完了，而新釀的酒正好到了可以喝的時候，就把它拿出來跟山僧野叟一邊閒聊一邊喝吧！既要飲酒，怎能缺少下酒菜呢！就把家裡有的雞、鵝拿出來宰一宰，弄些小菜，吃吃喝喝多麼愉快啊！

我想這份快樂可能就是來自於單純吧！莊稼人家的生活其實滿簡單的，每天的工作就是在於如何把作物整頓好，依照農時來作業。擔心的是天候、蟲害……等，這些都是不可預測的，所以有時候就只能盡人力聽天命了。

　　就像老虎是人人都怕的，因為知道牠的兇惡，所以會事先提防，但是人就不同了，儘管表面上很親切，骨子裡如何可就不得而知了。所以有人說「苛政猛於虎」，人為的傷害總是比大自然來得可怕。如此說來，倒也真能體會農家之樂在何處了。

14.

四塊玉　閒適四首之一

關漢卿

適意行，安心坐。渴時飲，飢時餐，醉時歌，睏來
時，就向莎茵臥。日月長，天地闊，閒快活。

吟詠性情的作品，自古以來一直是作家喜用的題材之一。一
種淡然情懷的背後，其實寄寓著靈魂深處苦悶的吶喊，如果試將
此首閒適小令與作家所生活的時代背景做一聯繫，經由平鋪直敘
的白話文字，或許更能意會作品更深一層的意蘊。關漢卿的這首
小令便是反映當時代心聲的產物，我們不難體會，在關漢卿宣揚
舒適、安逸生活的背後，似乎能隱隱看出漢人生活在元代那種受
到異族打壓的大環境中，有的是說不出的苦悶與壓抑。關漢卿內
心深深的隱憂與不平，透過這樣的作品，頗有「時不我予」的慨
嘆！一首平易淺近，出於自然本色的作品於此展露無遺。

試看，如果想要走一走，就舒舒服服地去走一走，如果想要
坐下來休息一下，儘管安心坐下。渴了喝口水，餓了吃頓飯，喝
醉了隨心所欲地引吭高歌一番又未嘗不可；甚至想睡時，便倒頭

在草地上一臥，還有好長的一段日子要過，天與地是無限地寬廣，這種無慾無念的閒適生活，何其暢快！

　　生活當中，偶有事與願違的情況發生，理想與現實之間總是難以兩全，如何在兩者之間找尋個人處事的平衡點，才是吾人生活最高的智慧，到郊外走走，享受大自然的饗宴，甚至聽場音樂會，盡情宣洩，當事過境遷再次投身現實的環境時，自然能對個人產生無限的能量與動力。

15

喜春來 贈茶肆二首

李乘

茶煙一縷輕輕颺，攪動蘭膏四座香，
烹煎妙手賽維揚。
非是謊，下馬試來嘗。
金尊滿勸羊羔酒，不似靈芽泛玉甌，
聲名喧滿岳陽樓。誇妙手，博士更風流。

Coffee or tea？

　　一個人的下午，點上一杯不加糖的卡布奇諾，杯中似乎承載著萬般心事，隨著手中握住的湯匙機械式的持續攪拌，像是往心湖投石，愁緒不斷往外擴散，此時的你，是站在湖心的漩渦處不停旋轉？亦或隨著餘波飄向遠方？湖心的你徬徨而無助，深怕落入不可預知的晦暗黑洞；隨波盪漾的你暫且離開俗事的紛擾，回首望見湖心的自己，煩什麼呢？

　　約三五好友，沏一壺茶，悠然享受難得的寧靜午后，一縷縷清煙輕輕飄颺，茶的清香向四座繚繞，輕啜一口，一種暖暖的感

覺順著喉嚨緩緩流入心頭，茶的清香仍在齒頰間流連不去，就算一杯上等好酒也比不上茶的甘甜味美。與三五好友閒話家常，共享生活苦澀甘甜，茶的清香甘甜，留住了你我生活中的甜美，生活平安順遂，爭什麼呢？

　　不加糖的咖啡，是否懂你的苦？茶的甘甜，能讓你忘卻生活中的煩擾。現在的你，心情如何？來杯Coffee or tea？

　　李乘的作品跳脫出元曲的風格，沒有男女的情愛、沒有落魄文人的憤懣與感嘆，這首別出心裁的作品，活脫脫像是在為上等好茶做免費宣傳廣告，「靈芽」是古時候人們對茶葉的美稱，連在茶肆、酒坊的侍應，人們都稱他們為博士，可知中國最傳統美味的飲品非「茶」莫屬，陸羽還替茶做了一本專著《茶經》，古人愛茶，或許得自其清香甘甜，如果不信，各位客倌，就請下馬來品嚐一下吧！

16.
紅繡鞋 天台瀑布寺

張可久

絕頂峰攢雪劍，懸崖水掛冰簾，倚樹哀猿弄雲尖。

血華題啼杜宇，陰洞吼飛廉。

比人心山未險！

　　高絕似劍的山峰，終年積雪有如閃亮的寶劍，閃著森森寒氣；懸崖邊掛著冰簾，樹梢的猿猴又跳又叫，像是戲耍於雲端；先皇杜宇，任賢讓位，化作啼血的杜鵑；傳說中的風神飛廉，在陰洞裡怒吼著。每一個景象都是令人驚心動魄，久久無法釋懷。但張可久卻說「比人心未險」，顯然在作者眼中，這些危險比不上人心險惡，如此可知「人心」是多麼的令人感到恐懼。

　　古人說「人心隔肚皮」，指的就是人心的難測，我們會對人心產生疑懼，正因為我們無法預知他人心中的念頭，尤其面對陌生人，更是保持高度警戒。作者描寫天台瀑布寺的景色，乍看之下只是對當下風景殊異的驚駭，其實卻是藉由景色凸顯主題，帶出最後一句主旨，標示了人心的險惡，應是他有感而發的感慨，

用多個景象的顯現，生動的描寫出他對人的不信任感。

　　作者處於蒙古異族統治之下的社會，難免對當時社會有所不滿和疑慮，因此對世道人心也採取了排拒和懷疑的態度，這種寫作風格，是同時代作家們所具有的共同特色，並不足爲奇，但其對比技巧之運用卻極爲生動有力，值得我們學習。另外，雖然人心難測，但「害人之心不可有，防人之心不可無」是應當學會的。作者對於人性的黑暗面如此的提防，乃時代造成的悲哀，並非所有人都如此黑暗，毋需過度恐慌於未知的人心。也許是時代氛圍的影響，也或許是作者刻意凸顯人心險惡，才造就了這篇比興豐富、暗示性強烈的作品。

《中國傳奇人物100》

本書除提供名人的經歷背景等資料外，並蒐集各種相關知識，有文學家的成名作品、畫家的知名畫作、及從人物本身引出的知名人物介紹，如從李師師與宋徽宗的一段情感，牽引出宋徽宗的名畫等，因此使本書更具有翻閱與收藏價值。

黃晨淳／編著　定價／300元　特價／199元

《今天的名人》

全書依照重要人物出生或具特別意義的日期順序排列，回顧古今中外所發生過的點點滴滴，提供給我們有關歷史人物的一言一行，從他們的成敗、功遇，深切的印證我們生命中種種的軌跡，看到人類的過去亦可深激發人類與生具有的「有為者亦若是」潛能，而效法歷史上偉人的行事風範和經驗，擷取人類智慧結晶。

蔡漢勳／編著　定價／320元　特價／199元

《神的故事》

選錄千年道教諸神100位，諸如西王母、媽祖、李哪吒、保生大帝等，探索中國信仰的真諦，增廣知識與奠基我們的信仰。100張神明圖片解說，帶你進入傳說中的神話，了解敬仰神的傳說與事蹟，呈現出民間的信仰文化。附錄諸神台灣寺廟介紹、延伸閱讀，讓信仰與生活相結合。

陳福智／編著　定價／220元

《改變歷史的偉大人物》

網羅史上100位影響歷史及有特別貢獻及重大成就的名人，像是甘酒迪、華盛頓、佛洛伊德、釋迦牟尼、畢卡索、萊特兄弟、史蒂文生、莎士比亞、貝多芬等人。探討什麼樣的成長過程鍛鍊造就他們堅忍不拔的精神？他們一生中有什麼特別的經歷和境遇？細讀本書後相信你可以清楚地找到答案，並學習到名人的精神和成功智慧。

張秀琴／編著　定價／350元　特價／249元

影響世界的哲學家

這是一本以「人」為本的不純哲學書，涵蓋亞理斯多德、笛卡兒、史賓諾沙、尼采、馬克思、維根斯坦、傅柯，還有洛克、伏爾泰、休謨、盧梭、康德、黑格爾、叔本華、胡塞爾、柏格森、海德格，有生活中的衝突、歡笑與執著，當然你也可以粗略了解哲學家為世人所敬重的知識理論、思想體系以及對人類社會的偉大貢獻。

陳治維／編著　定價／300元　特價／199元

誰想當皇帝

自秦始皇嬴政自稱「皇帝」至清朝最後的清宣統愛新覺羅‧溥儀為止，中國共有四百多位即位稱帝的皇帝。他們之間有許多的共同性，也有很多的相異處，有的文才武略兼備，有的卻只知荒淫享樂⋯。

本書精選中國三十五位極具特色的皇帝，有清明、有昏庸、有明帝、有昏君，針對他們的部分事蹟採取故事性的描述，重建該帝生動鮮明的形象。並於文末針對該皇帝的言行，進行深入的檢討與延伸的思考，為歷史賦予現代的意義。

林鉦昇／編著　定價／280/　特價／169元

01

《孔子名言的智慧》

　　精選150則論語中的名言智語，以符合現代社會的宏觀角度，深入淺出詳細解說，汲取孔子的人生智慧與積極的處世態度，讓你可以圓融處世、積極進取精進生活、增強智識。

黃雅芬◎編著 定價/220元

02

《韓非子名言的智慧》

　　精選150句韓非子名言，透過現代人的人生觀，以符合現代社會需要的宏觀角度，深入淺出詳細解說並與西方哲學家的名言相對照，完全呈現法家思想的積極意義，為動亂的時代注入安定的力量，為平和的生命帶來豐活的生機。

陳治維◎編著 定價/250元 特價/199元

03

《老子名言的智慧》

　　選老子名言150句，不僅適用於職場、家庭、社會、個人，可以說是一本廣為世用的智囊寶典。也同時給予賞析說明，讀者可以從中取用他的某些原理，進而更樂意從古書中汲取生活智慧，注入帶有時代色彩的新思維，形成新的觀念、準則。

黃晨淳◎編著 定價/250元 特價/149元

04

《孟子名言的智慧》

　　精選其中名言150句，適用於教育、自我成長、社會和政治，可謂為現代為人處世的智囊寶典。此外，對於精選名言更是給予賞析說明，可帶來具有時代色彩的新鮮思維，形成新的觀念，使讀者溫古知新，進而修身養性、智慧處世。

江佩珍、陳籽伶◎編著 定價/260元 特價/169元

05

《莊子名言的智慧》

　　中國人向來說「得意時是儒家，失意時是道家」，亦即勸人處順境時，要以儒家義理來開拓胸襟、提升境界；處逆境時，則當以道家智慧來療傷止痛、休養生息，因此，我們希望藉《莊子名言的智慧》中淺暢的文字，讓先哲的智慧洞見能穿越時空，走入我們的心靈，跟我們現身說法。

黃晨淳◎編著 定價/260元 特價/169元

06

《荀子名言的智慧》

　　荀子提出性惡的說法，並不是他真的把人看得這麼壞，而是他想讓我們在有最壞的打算之後才能用更坦然的心態去面對眼前的挫折、困難與傷害。本書共分八個篇章，娓娓道來荀子一書的現代意義，希望你在本書裡，可以更坦然的面對自己、更寬容的面對別人、更積極的面對自己的人生、更快樂的面對每一天！

賴純美、陳籽伶◎編著 定價/260元 特價/169元

①

《漫漫古典情》

　　配合現代人匆忙的生活步調，本書以精緻短幅內容為重點，讓人隨手拾來，依興之所致閱讀，短短的一首，無壓力、無負擔，輕鬆欣賞古典詩詞。讀者每天翻閱一首，天天享受浪漫感人的詩情。

樸月／編著　定價／300元　特價／199元

---

②

《從名言中學智慧》

　　作者將這些名人所講過的話，依照不同的性質，而排成十二篇幅；分別是智慧、憂鬱、幸福、愛情、快樂、待人處事、學習、工作、自信、行動、成功、人生，然後化成一篇篇生活化地散文，每一句名言的含意使它變為一種正面生活態度。

賴純美／著　定價／300元　特價／199元

---

③

《點燃哲人的智慧》

　　本書精選160則古代哲人短篇言談或著作中的故事或寓言精選的名人佳句，經由作者精妙的譯寫文字，對故事的體會或心靈哲思為讀者提供的處世哲學，並透過故事中的廣博哲理，一解人生的疑難解惑。

黃晨淳／編著　定價／250元　特價／199元

---

④

《紅樓夢》

　　本書總錄紅樓夢中200多首詩詞名句及書信，以章回為分段，內有引經據典的精詳註釋、流暢優美的譯文以及編者經半世研究的精闢賞析，是一本實用功能極強，並且亦是一本文學欣賞集。

王世超／編著　定價／320元　特價／199元

---

⑤

《從名句看世界名著》

　　此書是西洋故事集，著重百年不朽經典名選自著名文學126則故事，全書分為四個篇章：聖經篇、世界名著篇、希臘羅馬神話篇及戲劇篇，透過作者的名句剖析加上精粹的故事摘要以及對生活的默思，呈現出智慧的沉澱。

柯盈如／編著　定價／200元　特價／99元

《中國傳奇事典》

　　中國經典故事是人生智慧的沉澱，借用前人的智慧可以當作借鑑，用來規範言行，本書收錄神話、歷史、成語故事、佛教傳奇、古典詩詞、俏皮話典故共156則中國經典傳奇，藉此可以了解歷史，還可以啟發思想增加人生智慧。

卓素絹／編著　定價／280元　特價／149元

《百年經典名著》

　　本書編寫的目的，即是為了讓一般民眾也能親炙文學大師的風采，用一種淺顯易懂的筆調介紹眾所皆知的文學經典，使人們可以藉此窺探文學大殿，並由此對經典中的智慧能夠快速吸收，而能獲益匪淺。

柯盈如／編著　定價／350元　特價／199元

《中國詩詞名句鑑賞辭典》

　　本書蒐集先秦至清末民初，文人學者所創作的詩詞曲，橫跨中國二千多年，集詩歌名句之精華於一，以朝代及作者為軸，一一條列，除了簡要的賞析翻譯之外，並附有原詩詞，書末再附註筆劃索引，可供讀者於最短時間內查詢所需資料。

白英、潤凱／編著　定價／450元　特價／299元

《中國散文名句鑑賞辭典》

　　本書蒐集先秦至清末民初歷代的散文經典名句，以朝代及作者為軸，一一條列，除了介紹出處與書名外，另附簡要的賞析翻譯，不僅為先哲對人生和世界的思考與頓悟，也是一中國巨大的智慧寶庫。

天人／編著　定價／900元　特價／499元

《權謀智典》

　　看歷代偉人權謀策略的運作，學習利用智取的成功策略。因之，競爭的社會裡，智取是最有效的成功捷徑。我們歸納中國五千年的權謀方略，共120則經典的權謀故事，使我們能在競爭的社會中獲得最大成就。

黃晨淳／編著　定價／250元　特價／199元

《失樂園》

　　改編自一萬多行的《失樂園》原著，精采故事來自聖經的《創世紀》，敘述天國中撒旦的叛亂、與神的抗爭、帶領天使逃亡墮入地獄與人類祖先亞當、夏娃被逐出天堂樂園的悲壯史詩。生動的文字敘述與五十幅杜雷經典插畫，精緻唯美，呈現繽紛的美麗故事。

劉怡君／編著　定價／230元　特價／149元

《絕對小品》

　　此書匯集90位近代的文學家、哲學家、智者有培根、蒙田、泰戈爾、歌德、卡內基、紀伯倫、羅素等人的120篇生活小品文。並對生命、愛情、生活、知識四個層面作經驗的分享精煉的人生的智慧，閱讀的同時可以隨時補給心靈的枯竭，輕鬆閱讀的同時將會源源不斷內在的能量。

徐竹／編著　定價／220元　特價／149元

《聖經的故事》

　　《聖經》是全世界發行量最多、讀者群最廣的經典作品，分為《舊約》，探討神耶和華與選民以色列民族的關聯。《新約》，記載基督教徒的救世主，以及使徒們的傳道活動。本書並配合200幅杜雷經典插畫，以文字開展《聖經》故事，文筆簡潔有力，故事生動自然。

郭素芳／編著　定價／450元　特價／299元

《蒲松齡的失意哲學》

　　蒲松齡，一位追求功名的典型中國文人，不得意的人生，造就他文學上的卓越成就。《聊齋誌異》，一部在虛幻中尋求桃花源的小說，經由它我們得以營造一個自現實壓力跳脫的理想世界。本書精選100則《聊齋誌異》中最精彩的故事，每個故事有一段改寫者的小小心得。

潘月琪／編著　定價／300元　特價／199元

《紀曉嵐的人生啟示》

　　大清第一才子紀曉嵐，唯一傳世的著作《閱微草堂筆記》，寫得不是經世濟民，而是一篇篇從他人、鄉里或親自見聞的人鬼狐故事。本書節選其中最生動最富含人生哲理的140篇，從中我們可以了解紀曉嵐喻大義理於嬉笑怒罵的故事的實質用心。

黃晨淳／編著　定價／250元　特價／199元

⑯ 《閱讀大師的智慧》

　　本書的寫作方向以當代著名哲學家、詩人、文學家等的作品爲主，共十九位哲學家大師，將他們的精闢論點，用一種改寫的方式節錄而出，以形式簡短的文章呈現，內容富有深度，爲一種文簡易賅的經典小品文，共有150篇經典哲理散文。並且此書爲哲學家、詩人、文學家等的思想結晶，內容簡潔，富有意味，值得人們沉吟再三。

張秀琴／編著　定價／350元　特價／199元

⑰ 《影響中國散文100》

　　自先秦至清朝，精選74位古文名家，共100篇傳世散文，一生不可不讀的絕世文章；100篇散文，74種人生態度，內含名人們的人生體悟與生活實錄，更多的是智慧的累積，及反覆閱讀的不同收穫，讓你體驗出人生百態，豐富你的一生。

李麗玉／編著　定價／450元　特價／299元

⑱ 《智慧的故事》

　　這是一本典藏猶太民族三千年的生活藝術，有流傳已久的民間故事有寓言、英雄傳奇、幽默故事，來自其宗教著作像是《聖經》、《塔木德經》、《律法書》，透過這些故事可以了解猶太人生活的智慧和樂觀的民族性，更敬佩先知的睿智，值得令人學習的生活智慧。

劉煖、何竣／編著　定價／380元　特價／299元

⑲ 《唐吉訶德》

　　本書將世界名著《唐吉訶德》重新編寫，並配合杜雷名畫150幅開展內文，唐吉訶德夢想也成爲一名騎士雲遊天下，於是憑著這股傻裡傻氣的熱情就出發了，在文中看似荒唐的行爲中，卻透著善良的動機，生動有趣的故事，值得細心品味！

　　《唐吉訶德》出版後被譯成六十多種文本，是譯本種類僅次《聖經》的近代偉大作品。

塞萬提斯／編著　劉怡君／改編定價／350元　特價／199元

⑳ 《閱讀名人的心靈》

　　以74位世界上成功的名人爲主，介紹其奮鬥成功的歷程與如何堅持成功的原則，而這些原則與經歷，值得令人學習的地方。從名人故事當作主軸，帶出名人的人生的智慧、愛情智慧、成功智慧等等。充滿知名人士的精髓；每一頁都可以化成是積極向上的活力泉源。在分享了名人的人生經驗後，定能有所啓發，能更有信心地去擷取屬於自己的成功果實。

王雅慧／編著　定價／190元

《神曲》

　　神曲是法國詩人－但丁歷時十年，長達一萬四千二百三十三行的詩歌創作，全書分為地獄篇、淨界篇、天堂篇三部份，本書將詩歌形式改寫成有趣故事，帶引出神曲書中各部份的精采情節，讓讀者彷彿身歷書中情境一般。

但丁／原著　郭素芳／改編　定價／400元　特價／249元

《傳世的箴言》

　　猶太人有最寶貴和古老的精神遺產：律法、格言、箴言、故事，時時圍繞在他們的身旁，這些古老的格言充滿無比的力量，教導人們如何從經典箴言中，領悟人生的種種難題和挫折，讓他們可以隨時學習成功的秘訣！透過這本書，你將可以閱讀猶太的古老智慧，並從律法、格言、箴言、故事，學習他們成功的智慧。

楮松、郭朝／編著　定價／300元　特價／169元

《古水手之歌》

　　本書除將長詩改寫為小說外，並於書末附有原詩及原詩翻譯，內容描述一位性孤僻不知感恩的水手，因射殺了一隻指引迷津的信天翁，而引起神的憤怒，促使全船二百位水手在海上漂流後死於非命，而後水手在懺悔下得到救贖。

　　全詩情節緊湊，情感動人對於人性的描繪有其獨到之處，在柯立芝建構的強烈生命意識與自然幻想讓人深感自然與人類的不可分割、信仰與心靈的融和。

柯立茲／原詩　劉怡君／改寫　定價／160元　特價／99元

《紅樓迷夢》

　　紅樓夢是中國四大章回小說之一，故事情節動人，人物描寫細緻，結構嚴謹，是一部中外馳名的著作。而曹雪芹筆下的人物角色的塑造，更是為人所稱頌，本書就是以大眾所熟知的十二金釵為主角，以紅樓夢的故事脈絡，將十二個女人一一獨立出來成為十二篇單篇人物小說，將她們各自的個人性格及特色充份的表現出來，並藉此十二篇小說將紅樓夢濃縮串連。

星佑／改寫　定價／230元　特價／169元

《一首詩的故事》

　　本書嚴選100篇從先秦時代到清朝為人傳頌的精彩動人的詩詞故事，讓你低詠讚嘆詩詞意境的優美時，還能一探詩人的親身經歷與隱含在詩詞背後，互古流傳的真摯情誼，大時代的變動與悲嘆，不論是詩人的情感糾葛，或是對外物的執著衝突，都可以在這100篇故事與詩詞中，淺酌低吟、回味再三。

王盈雅／著　定價／320元　特價／199元

《亞瑟王傳奇—杜雷名畫》

　　譯自維多利亞時期的桂冠詩人－田納森的偉大長詩〈亞瑟王之歌〉，詩人用12段優美散文敘事詩來描述中世紀的英國宮廷中，亞瑟王的偉大英明和驍勇善戰的圓桌武士們的英雄冒險，還有與美麗女子的浪漫奇遇故事，像是蘭思諾和關娜威皇后的一場畸戀。

吳雪卿／編譯　定價／180元　特價／129元

《死前要做的99件事》

　　如果你的生命只剩下一天，你最想做什麼？此書集結普通人與名人對生命的感悟和生活的體驗，從自我的陶冶、心靈的安頓、徹悟的力量、生活的使命、理清人際關係、享樂的時光、情感的麥田等幾個方面著手，認為有些事一定要做像是傾聽大自然的聲音、親手播種收割、為自己種一棵樹、常回家看父母、轟轟烈烈愛一次等等……。

覃卓穎／編著　定價／300元　特價／169元

《世界民間物語100》

　　在幽默風趣別具地方特色的故事中，有各國流傳已久的神話故事，魔幻的異想世界，奇特真實的際遇，擬人的動物寓言，各國的民族傳說……一次飽覽世界上最有趣的100則民間故事，在驚奇感動於故事的豐富外，還有故事所傳達的先人智慧。

林怡君／編著　定價／300元　特價／199元

《貝洛民間故事》

　　此書蒐集法國文學家－夏爾‧貝洛改編法國的民間故事，附上34幅杜雷的精美插畫，八篇名聞遐邇的童話故事有〈小紅帽〉〈灰姑娘〉〈睡美人〉〈藍鬍子〉〈仙女〉〈小拇指〉〈穿靴子的貓〉〈捲髮里克〉，文末並加上中、英文的智慧小語。

貝洛／原著　涂頤珊／編著　定價／130元

國家圖書館出版品預行編目資料

元曲，我的壓力解藥／吳淑華，謝玝卲編著.——
初版.——臺中市　：好讀，2003[民92]
面：　公分，——（詩療館；03）

ISBN 957-455-521-6（平裝）

855　　　　　　　　　　　　　　　　92015109

詩療館03

元曲，我的壓力解藥

編　　著／吳淑華 謝玝卲
文字編輯／葉孟慈 陳淑惠
美術編輯／賴怡君 李靜佩
發行所／好讀出版有限公司
台中市407西屯區何厝里19鄰大有街13號
TEL:04-23157795　FAX:04-23144188
e-mail:howdo@morning-star.com.tw
http://www.morning-star.com.tw
法律顧問／甘龍強律師
初版／西元2003年10月1日

總經銷／知己有限公司
台北公司：台北市106羅斯福路二段79號4樓之9
TEL:02-23672044　FAX:02-23635741
台中公司：台中市407工業區30路1號
TEL:04-23595820　FAX:04-23597123

定價：220元
特價：149元

Published by How Do Publishing Co.LTD.
2003 Printed in Taiwan
ISBN 957-455-521-6

書名：元曲，我的壓力解藥

1. 姓名：＿＿＿＿＿＿＿　□♀　□♂　出生：＿年＿月＿日
2. 我的專線：（H）＿＿＿＿＿＿＿　（O）＿＿＿＿＿＿＿
　　　　　　　FAX ＿＿＿＿＿＿　E-mail ＿＿＿＿＿＿
3. 住址：□□□＿＿＿＿＿＿＿＿＿＿＿＿＿＿＿
4. 職業：
　□學生 □資訊業 □製造業 □服務業 □金融業 □老師
　□ SOHO族 □自由業 □家庭主婦 □文化傳播業 □其他＿＿
5. 何處發現這本書：
　□書局 □報章雜誌 □廣播 □書展 □朋友介紹 □其他＿＿
6. 我喜歡它的：
　□內容 □封面 □題材 □價格 □其他＿＿＿
7. 我的閱讀嗜好：
　□哲學 □心理學 □宗教 □自然生態 □流行趨勢 □醫療保健
　□財經管理 □史地 □傳記 □文學 □散文 □小說 □原住民
　□童書 □休閒旅遊 □其他
8. 我怎麼愛上這一本書：

　＿＿＿＿＿＿＿＿＿＿＿＿＿＿＿＿＿＿＿＿
　＿＿＿＿＿＿＿＿＿＿＿＿＿＿＿＿＿＿＿＿
　＿＿＿＿＿＿＿＿＿＿＿＿＿＿＿＿＿＿＿＿

『輕鬆好讀，智慧經典』
有各位的支持，我們才能走出這條偉大的道路。
好讀出版有限公司編輯部　謝謝您！

廣告回函
台灣中區郵政管理局
登記證第3877號
免貼郵票

好讀出版社　編輯部收

407 台中市西屯區何厝里大有街13號1樓

電話：04-23157795　傳眞：04-23144188

E-mail:howdo@morning-star.com.tw

新讀書主義─輕鬆好讀，品味經典

請沿虛線摺下裝訂，謝謝！

更方便的購書方式：

(1)**信用卡訂購**　填妥「信用卡訂購單」，傳眞或郵寄至本公司。

(2)**郵 政 劃 撥**　帳戶：知己實業股份有限公司 帳號：15060393
　　　　　　　　　在通信欄中填明叢書編號、書名及數量即可。

(3)**通 信 訂 購**　填妥訂購人姓名、地址及購買明細資料，連同支
　　　　　　　　　票或匯票寄至本社。

◉單本九折，五本以上八五折，十本以上八折。

◉訂購3本以下如需掛號請另付掛號費30元。

◉服務專線：(04)23595819-231　FAX：(04)23597123

◉網　　　址：http://www.morning-star.com.tw